「ティア。全力だよ
遠慮なんかして勝てる相手じゃない」
鋼殻のレギオス
CHROME SHELLED REGIOS
21 ウィンター・フォール 上

絶技が舞い
光と音が命を問う

選ばれし超越者たちの戦場がここにある

「戦いにきました」
ZUELLI UNIVERSITY

# 鋼殻のレギオス21
## ウィンター・フォール　上

雨木シュウスケ

ファンタジア文庫

1919

口絵・本文イラスト　深遊

# 目次

# 時間 〝レギオス〟をめぐる事象と人物

〝レギオス〟に関わるさまざまな事象を時間軸に沿って図式化。イレギュラーが発生している部分もあるが、大局的な流れを紹介する。

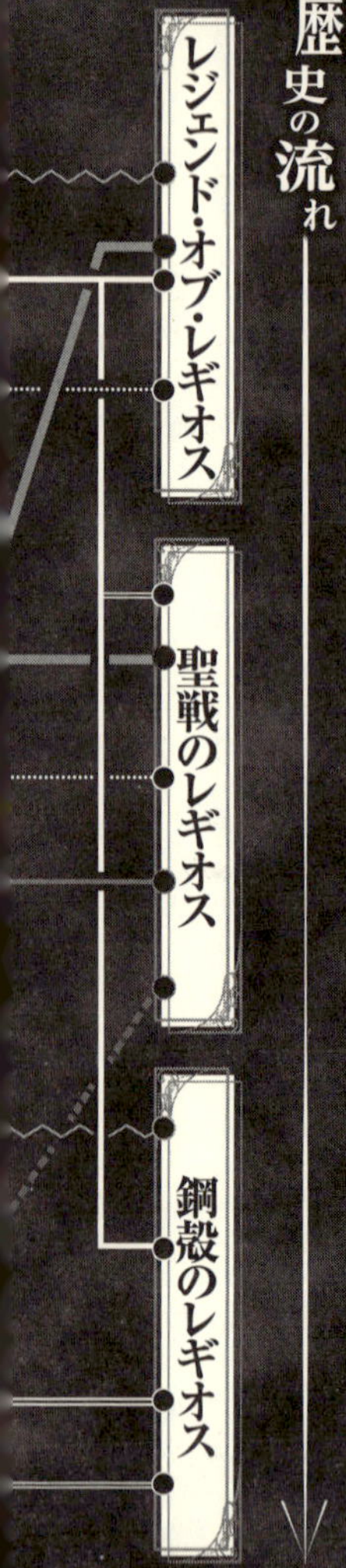


## すべての始まりの物語

『鋼殻』よりも遥か昔の時代。人間以上の能力を手に入れた人々(異民)とその関係者たちは、それぞれの望みを果たすため敵対者と戦っていた。その結果として「自律型移動都市」のある世界が生まれ、この時代の戦いの因縁は後世にまで引き継がれることになる。

## ミッシングリンクを結ぶ存在

特殊な事情によって生まれた存在「ディクセリオ」が体験する数奇な出来事の記録。時間を越え、さまざまな場所で活躍する彼だからこそ知り得る事実も多いため、前後の物語を参照すると新たな発見があるはずだ。特に最期のシーンは、後世にとって重要な意味を暗示している。

## 交錯する運命の終着点

汚染物質や汚染獣の脅威と戦いながら必死に生きる人類。だが、その歴史に隠された「世界の真実」を知る者はごく一部だった。人間として当たり前に笑い、泣き、人生を謳歌するはずだった人々の前に過酷な運命が立ちはだかり、そして……。

## シリーズの関係性

詳細なエピソード

間接的な関連

複数のシリーズで描かれている事件やキーワードをピックアップ。また、それに関係する人物も併記する。

### 活動し続けるナノセルロイドたち

ソーホ（イグナシス）
レヴァンティン
カリバーン
ドゥリンダナ
ハルペー

当初は人類の守護者だったナノセルロイド。だが、創造主のソーホがイグナシスとなった後は、ハルペー以外は人類の敵となる。

### 強欲都市ヴェルゼンハイム崩壊

アイレイン、サヤ
ディクセリオ、狼面衆

都市崩壊のその日、何が起きたのか。『レジェンド』ではアイレイン視点、『聖戦』ではディクセリオ視点という異なる切り口で事件が語られる。

### 「レギオス世界」誕生の経緯

アイレイン
サヤ
エルミ
イグナシス
ディクセリオ

人類をイグナシスから守るため、エルミとサヤは新しい亜空間に「世界」を作った。アイレインはそれを見守り存続させるために月に上る。

### 白炎都市メルニスクの過去と現在

ディクセリオ
ニルフィリア
リンテンス
ジャニス
デルボネ
ニーナ

ディクセリオはメルニスク崩壊時に居合わせた人物の1人。この事件で都市は廃墟となり、廃貴族と化した電子精霊は後にニーナと同化することになる。

### イグナシスの出現と暗躍、そして……

ソーホ（イグナシス）
ニルフィリア
ディクセリオ

魂だけの存在だったイグナシスは、ソーホの肉体を乗っ取ることで現実世界に降臨。人類の消滅を画策するものの、ゼロ領域に閉じ込められ……!?

### 過去のツェルニ・第17小隊誕生

ディクセリオ
ニルフィリア
ニーナ
シャンテ
アルシェイラ
リンテンス
レイフォン

ディクセリオは学園都市ツェルニで学生として暮らし、仲間とともに新小隊を設立。幼いニーナたちと遭遇したり、彼と縁の深い人物を幻視するなど、時間を越えた体験を積み重ねていく。

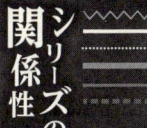

## 空間

# 隔てられた2つの世界

〝レギオス〟に関わる物語は、異なる2つの空間を主な舞台としている。今一度その関係を整理し、ストーリーへの理解を深めよう。

## レジェンド・オブ・レギオスの世界

### 滅びかけた地球と隣接する亜空間が舞台

人口増加に伴う諸問題を解決するため、人類は亜空間で生活する道を選んだ。だが、それは絶縁空間と異民化問題を生み、別な意味で存亡の危機を迎える結果に。やがて、イグナシスの計画によって人々の住む亜空間が破壊され、全人類は肉体を失うことになる。

↑ 数ある亜空間のうちの1つ

↓ 人間にとっては不可知の領域

## 聖戦／鋼殻のレギオスの世界

### 人類再生のために作られた特別な亜空間

エルミとサヤは、新しい亜空間の中に人類の居住地と肉体を作った。その器に旧人類の魂を入れることで人類再生を図ったのだ。これが「レギオス世界」であり、グレンダン王家など一部の人々はこの事実と血筋を伝え続けることで「やがて来る災厄」に備えている。

# プロローグ

これで終わりだ、というものを自分で決められない。

いや、決めようと思えば決めることはできる。だが、そのときにはおそらく『これでよかったのか？』という疑問が尽《つ》きることなく降り注ぐだろう。

限りなく完璧《かんぺき》に近いという状態さえも望めないなら、万事を尽くすしかなく、そしてそれは果てしない。

「……ふむ」

出てきたばかりの建物を見上げ、カリアンはため息ともつかない声を漏《も》らす。

ハイア・ライアと別れた後も、世界に脅威《きょうい》を伝えるカリアンの旅は続いている。

そんな旅の中で、彼は今日も一つの都市にいた。

五日間通《かよ》い詰《つ》めてようやくこぎつけた都市首脳との会見だったが、反応は芳《かんば》しくはなかった。

「バカにしています！」

芳しくない、では済ませられないものが隣《となり》にいる。カリアンは苦笑《くしょう》した。シュターニアだ。

「こちらの話をまともに聞く気もなく、『ありえない』などと。危機意識がないにもほどがあります！」

「しかし、絵空事のような話だという感想も間違《まちが》ってはいない」

「絵空事ではありません」

「わかっているよ。理解してもらうのが難しいという話さ」

堪《こら》えきれぬ憤懣《ふんまん》を放射するシュターニアを見ていると、カリアンは冷静になれる。彼とて、『しかたない』の一言で簡単に気分を切《き》り替《か》えるのは難しい。

「ありがとう。私のためにそこまで怒《おこ》ってくれて」

彼女が怒ってくれているから、カリアンは落ち着いて次を考えることができる。

「そ、そんなことは、わたしの仕事は若が使命を完遂《かんすい》できるよう、お守りすることです」

「使命の完遂、か……」

「……若？」

「いえ、私の使命はどこで終わりと言って良いのか、と思ってね」

「どういうことですか？」

「もちろん、私の望む平和が実現されることが最終目標だが、しかし、その中で私ができることは限られてる。簡単に言えば、最後の決着で必要な武力の場面では、私は役立たずだ、とかね」

「若を戦わせるようなことにはさせません」

「ありがとう」

「……若は戦いたいのですか？」

「戦えるものなら」

言いつつ、カリアンはまたも苦笑する。

「しかし、現実として武芸者が主体の戦場で私にできることはないからね」

「そんなことは……」

「卑下《ひげ》しているわけではないよ。それに、それ以外でできることがあるとわかってもいるし、そのことを誇《ほこ》りに思ってもいる」

「それなら……」

「だがおそらく、最後の幕引きをするのは私ではない」

世界の危機を都市という都市に知らしめていき、少しでも危険に対して無防備な都市を減らすことが、カリアンの目的だ。

その上で、危機に対して立ち向かおうとする新たな勢力が生まれてくれれば……と思ってはいるが、それは望みすぎかとも思う。

シュターニアやハイアに腕試《うでだめ》しをしてもらいながら旅をしてきて思ったことは、強い武芸者はいる、だがその数は決して多くはないということだ。

天剣授受者《てんけんじゅじゅしゃ》級となると、一人もいなかったと言っても過言ではない。

グレンダンが来《きた》る危機のためにどれほどの時間をかけ、あれだけの武芸者を揃《そろ》えたのか、あるいは集《つど》うだけの素地を作り上げたのか、それを考えると気が遠くなりそうだ。

だが、巻き込まれる危機をただ傍観《ぼうかん》し続けることはカリアンにはできなかった。

グレンダンが敗れたとき、人類は団結する暇《ひま》もなく駆逐《くちく》されるしかないのか？

あの化け物に覆《おお》われたグレンダンを見て、カリアンはそう感じた。

だからこそ、こうして旅を続けている。

「あの……若？」

「ん？　なにかな？」

ふとするとあの日の光景が脳裏《のうり》に蘇《よみがえ》ってくる。カリアンはシュターニアの声で我に返った。

彼女は、なにか言いにくそうな顔をしていた。

「若は、その……」

「なんだい？　聞きたいことがあるなら言ってくれてかまわないよ」

「そうですね。では……若は、ご自分で全部やってしまいたいのですか？」

「できることならそうしたいさ」

「したいのですか!?」

即答《そくとう》したカリアンにシュターニアは目を瞠《みは》った。

「だができるはずもない。武力もそうだし、移動能力もそうだ。自分でできることと決めてやっている交渉《こうしょう》にしたところでこの有様《ありさま》だ。限界は見えている」

やれることには幅《はば》があり、そしてそのやれることにしても高さが見えている。

「……もしかして、落ち込んでいらっしゃいますか？」

「そうだね。ここ三回ほど連続で良い感触《かんしょく》がもらえなかったからね」

怒《いか》りはシュターニアが引き受けてくれた。

だが、失敗が続いたという事実を前にしては、やはり少しは落ち込んでしまう。

「次がありますよ」

「そうだね。そう言ってもらえると助かる」

慰《なぐさ》めの言葉を素直《すなお》に受け止めてしまうぐらいに心が弱っているのだろうか。カリアンは安心しながらもどこかで自分に危機意識を持ってしまった。

「……いや、いやいや、いやいやいや、ちょっと待ってくれ」

「若？」

「さすがにこの落ち込みようは、いくらなんでも良くはないね」

独り言のように呟《つぶや》くカリアンにシュターニアが慌《あわ》て始めた。

「あの、若……お疲《つか》れでしたら、少しぐらい休まれても……」

「あ、いや、すまない。君に心配をかけたくてこんなことを言ったわけではないんだ」

「そんなお気遣《きづか》いもいりません！　とにかく休みましょう！　休むべきです」

シュターニアに変な誤解をされてしまったようだ。

「休むならバスで休むよ。それより、ここでやれることももうないのだから……」

次の都市へ向かおう、カリアンはそう言おうとした。

あるいは、予感のようなものもあったのかもしれない。終わりという言葉が脳裏で妙《みょう》にちらつき、自己主張をしているのだ。

疲れていると感じてもしかたのない状態だが、あるいはもう一つの意味があったのか。

予感、あるいは単に勘《かん》とでも呼ぼうか。

そういうものが働いていたのではないのか？

カリアンはふと、そう思った。

思ったのには、理由がある。

宿での休息を主張するシュターニアを半《なか》ば無視する形でバスの保管所へと向かっていた
カリアンは、地下への通路に入ったところで光を見た。

地下通路を照らす電灯ではない。非常灯の灯《あか》りでも、もちろんない。

その光は白に近く、そしてなんらかの意思を感じさせる揺《ゆ》らぎ方をしていた。

そしてその光は、カリアンを導くように動いている。

「若？」

保管所への道を外れたカリアンにシュターニアが訝《いぶか》しげな声をかけてくる。が、それを
無視してカリアンは光を追った。

「若？　どうなさいました？」

追いかけてくるシュターニアの声に動揺《どうよう》が見《み》え隠《かく》れしている。「ああ、やはり若は……」

などと不穏《ふおん》な呟きも聞こえてくるのだが、カリアンはそれも無視した。

どうやら、彼女にはこの光が見えていないようだ。

ならばこれは、幻《まぼろし》か。

あるいはカリアンにのみ見える導きの光か。
後者であると固く信じ、カリアンは進む。
進むカリアンは都市の地下深く深くへと導かれていく。

# 01　その夜のグレンダン

彼女が降り立ったのはグレンダン王宮、正門前だった。

前回の騒乱《そうらん》によって王宮のほとんどが崩壊《ほうかい》したのだが、すでにその傷はない。真新しさを夜の中に潜《ひそ》めさせた門は各種の警備装置の他に門衛も待機している。

門衛をしているのはリヴィン武門という、グレンダン三大王家の血筋を持つ子女たちによって構成された武門だ。彼らによって王宮内の警備や女王の護衛などが行われている。

ゆえに、正門に立つ門衛も広い意味では王族ということになる。グレンダン以外の都市の者がこの話を聞けば、違和感《いわかん》のようなものを覚える者もいるかもしれない。

実際のところ、王家のしがらみがあるという以外は普通《ふつう》の武芸者と扱《あつか》いはたいして変わらないのだが。

そんな事情で正門には着飾《きかざ》った門衛が二人、控《ひか》え所《じょ》にはさらに二人、計四人の門衛がいた。

門衛たちにしてみれば、彼女は突如《とつじょ》としてそこに現われた。

それが異常事態であると見抜《みぬ》けないほど、彼らは間抜けではない。彼らは武芸者であり、彼らの目を盗《ぬす》んで、いきなり正門の前に立つなどということが可能な人物がいるとすれば、それは天剣《てんけん》級の武芸者だということだからだ。

そして彼女は天剣授受者《てんけんじゅじゅしゃ》ではない。

「何者だ!?」

門衛の一人が誰何《すいか》した。

電灯が彼女の姿をオレンジに照らす。

映し出された姿は十代後半だろうと思われる少女だ。

だが、それが油断できる要素にはならないことを、彼らは十分に承知している。

「何者だ!?」

誰何しても答えない少女に、門衛は再び叫《さけ》ぶ。すでに控え所にいた二人もやってきている。直《す》ぐに王宮内や周辺を巡回《じゅんかい》している仲間たちも来ることだろう。

頭の中では警戒音《けいかいおん》が鳴り響いている。集まるのを待って動くべきだ。叫んだ門衛はそう判断した。

だが、相手がそれを待っていなければならない道理もない。

「……退《ど》いてください」

「なに?」

「最小被害《ひがい》で任務を完遂《かんすい》しようと思っています。退いてください」

「ふざけたことを……」

少女の言葉に、門衛は怒りにまかせて叫びはしなかった。不穏なことを企《くわだ》てていることは明白となった。静かに仲間に指示を送る。一人が控え所へと走り緊急《きんきゅう》事態を報《しら》せるボタンを押した。

これで、王宮に控えている天剣《てんけん》級の誰《だれ》かがやってくることだろう。

「しかたありません」

こちらの動きがわかっているかのような少女の呟きに、門衛の間で緊張が走る。

気がつくのが遅《おそ》かったかもしれない。

「なんだ……?」

門衛が異変に気付いた。

少女の周りを照らすオレンジの光が、微《かす》かにぼやけているように思えた。

「いかん、押さえろ!」

そう叫んだのは本能の為《な》せる業《わざ》だが、しかし遅かった。

いや、彼女がここに立ったそのときから、すでに門衛程度の武芸者では為す術《すべ》はなかった。

ぼやけて見えていたもの……それは彼女の周囲に展開した彼女の一部、ナノマシンと呼ばれる微細《びさい》な活動体だ。目に見えぬそれらは無数におり、指揮官である少女の命令に従い、拡散の後、合流……新たな姿を形作る。

それらの過程は、目《ま》の当たりにした門衛たちにとっては一瞬《いっしゅん》の出来事だった。

「がっ！」

取り押さえるために動いた門衛たちが突《つ》き飛《と》ばされる。

だが、突き飛ばしたのは少女ではない。

少女の左右から別の腕《うで》が伸《の》び、突き飛ばしたのだ。

「なっ！」

その事実に気付いた門衛たちは、驚《おどろ》くしかない。

さきほどまで、少女の左右には誰もいなかった。

誰もいなかったはずのそこに、今は人がいる。

武芸者の戦闘衣《せんとう》に似た、それをより洗練化させたようなスーツを着た女性がそこにいた。

少女を少し大人にしたような女性だと思われる。

思われる、というのは女性の目の部分は色の入ったガラス板のようなもので覆《おお》われているため、はっきりとしないからだ。

そしてなにより、現われた女性は、少女の左右にいる二人だけではない。

「んなっ……な……」

驚きがまともな言葉を作らせない。門衛たちは戦闘状態にあることも忘れて、その光景に見入ってしまった。

現われた女性は二人だけではない。

大勢だ。

少女の左右に、背後に、女性たちはずらりと並んでいる。

その数は、百を超《こ》えているだろう。

驚きに言葉を失っている門衛たちはその大勢の中の数人が動き、気絶させられる。

瞬《また》く間《たま》に倒《たお》れていく門衛たちには目もくれず、少女は正門を抜《ぬ》けた。

少女の名はレヴァンティン。

ついさきほどまでツェルニでヴァティ・レンと名乗っていた彼女は、その姿のままレヴァンティンとしての任務を遂行するため、ここグレンダンに現われた。

眼前にある王宮に、その地下に、目指す者はある。

「あなたたちは外からの介入《かいにゅう》を防いでください」

レヴァンティンの言葉に、女性たち……分体たちは無音で了解《りょうかい》を伝えてくる。

「…………」

一瞬だが、レヴァンティンは振《ふ》り返《かえ》って分体たちを見た。すでに彼女たちは任務のために移動を開始している。レヴァンティンの視線を受け止める者は誰もいなかった。

「…………」

視線を戻《もど》し、レヴァンティンは進む。

武芸者ではないレヴァンティンには王宮を覆い尽《つ》くす、燃《も》え盛《さか》るような剄《けい》の煌《きら》めきは見えない。

その剄が天を突き、焦《こ》がし、進むレヴァンティンを威嚇《いかく》している様《さま》は見えない。

レヴァンティンにとってそこにあるものは、ただ、任務を達成させるために存在する標的であるという事実だけだ。

†

その夜の当番はリヴァースとカウンティアだった。

「っ！」

専用の控え部屋でうつらうつらとしていたリヴァースは瞬時に目を覚ました。剄脈《けいみゃく》にもすぐに火が入る。寝転《ねころ》がっていたソファから転がるようにして脱《だっ》すると、素早《すばや》く錬金鋼《ダイト》を握《にぎ》りしめた。

「ティア！」

「わかってる、リヴ」

返事とともにソファから立ち上がったカウンティアの顔は険しい。そこにいままであったリヴァースの熱を惜《お》しむように太ももを撫《な》でると、彼の後を追って王宮を飛び出した。

門衛の押した警報が届いたのは、その後だ。

そのときには、二人は近くの窓から飛び出し、正門へと最短距離《きょり》で向かっていた。

その少女は倒れた門衛を無視して正門をくぐり抜けていた。

「レストレーション！」

叫ぶ。

同時に、彼の手にしていた錬金鋼《ダイト》だけでなく、全身で発光現象が起こった。

リヴァースの戦闘衣には各所に錬金鋼《ダイト》が縫《ぬ》い付けられており、それが彼の起動鍵語に反応して変化を開始したのだ。

少女……レヴァンティンの前に着地したときには、全身を鎧《よろい》で纏《まと》ったリヴァースが完成していた。

「君、待って」

空から降ってきた鉄の塊《かたまり》……そんな風に見えるリヴァースを前にしても、レヴァンティンは動じた様子を見せない。

そのことに違和感を覚えつつ、しかし、見た目、ただの少女にしか見えないレヴァンティンに、リヴァースが判断に迷う。

「……ここから先は、関係者以外立ち入り禁止だよ」

やや間の抜けた言葉だったが、リヴァースなりに考えた末の警告だった。

「関係者という意味でなら、あなた方よりも古い関係者です」

「え？」

思ってもいなかった返答にリヴァースが面食《めんく》らう。

「下がりなさい。そうすれば苦しむことなく終わりを迎《むか》えられるでしょう」

「なにを……」

レヴァンティンの言葉に惑《まど》いそうになるのをリヴァースは寸前で堪《こら》えた。

（この子がなにを言ってるのかわからないけど……）

人の形をしているのに剄を感じない。では武芸者ではない？　だが、肌《はだ》を粟立《あわだ》たせることの感触《かんしょく》は知っている。

「……君は、絶対に通さない」

この少女は、危険だ。

頭では判断できなくとも、体は知っている。

目の前の少女は排除《はいじょ》しなくてはならない危機だ。

さきほどまでカウンティアの膝枕《ひざまくら》で安穏《あんのん》とした時間を過ごしていた気持ちはすでにない。

自ら認める臆病《おくびょう》さを剛直《ごうちょく》な鎧で包み込み脅威《きょうい》の前に立つ。

戦いにおいてリヴァースの心にあるのは、まず恐怖《きょうふ》だ。戦闘そのものに対する恐怖、汚《お》染獣《せんじゅう》に対する恐怖、傷つく恐怖、傷つける恐怖。武芸者として行うあらゆる行為《こうい》に純粋《じゅんすい》な恐《おそ》れと罪悪感を抱《いだ》くのがリヴァースという人物だ。

恐怖こそが彼の強さの原点とも言える。己《おのれ》との戦い、己に勝つという言葉があるが、リヴァースはまさしくその言葉を体現した人物だろう。

己の心の原点ともいうべき恐怖を克服《こくふく》して戦場に立つリヴァースに、恐れるものはなにもない。

少女に感じた本能的恐怖も、いまはない。

だが、それは油断しているということではない。

油断とは、己の実力を過信して起こすものだ。常に己の内側から表に出ようとする恐怖と戦い続けるリヴァースにそういうものはない。

「……しかたありません」

鎧を纏い、鉄の塊の様相を呈《てい》したリヴァースに対して、レヴァンティンは見慣れぬ制服を着た学生の格好をしている。

女王を例に挙げるまでもなく、戦闘能力が服装に起因しないことなどわかりきっているが、それでもこの緊迫感《きんぱくかん》の中で少女の姿は違和感《いわかん》を覚えさせようとする。

惑いそうになる心を抑《おさ》え、レヴァンティンが差し上げた手に意識を注ぐ。

空から闘気が降りてくる。

刃《やいば》が降ってくる。

カウンティアだ。

愛する人が、刃となって降ってくる。

「お前か！　邪魔者《じゃまもの》は！」

そんなことを叫《さけ》び、手にした武器を振るう。

彼女の錬金鋼《ダイト》、大刀《たち》が振るわれる。峰《みね》の部分に飾《かざ》られた人形の残像が引き延ばされ、光になる。

衝剄《しょうけい》という名の破壊《はかい》エネルギーが凝縮《ぎょうしゅく》し、一閃《いっせん》の刃となってレヴァンティンに襲《おそ》いかかる。

都市を両断せんばかりの威圧感《いあっかん》だが、リヴァースは慌《あわ》てなかった。

手加減なく放たねばならないと、カウンティアもわかっているのだ。

瞬《まばた》きをするほどの時間がひどく濃密《のうみつ》に感じられる。

リヴァースはその場から動くことなく、レヴァンティンの挙動を見守っていた。

カウンティアの放った一閃を、少女は見上げている。持ち上げかけたその手が、一閃に向けて開かれる。

受け止める気か、あるいは迎撃《げいげき》の一手を打つのか。

カウンティアの攻撃《こうげき》はそれほど安くはない。リヴァースは自分のことのようにそう思う。

一閃は凝縮されている。長さはリヴァースの身長ほどだろう。近くに彼がいることを考《こう》慮《りょ》された大きさなのか。

全《すべ》てを切り捨てるだろう一閃は、まっすぐにレヴァンティンに向かい、そして……

少女のささげた手と衝突《しょうとつ》する。

光が膨《ふく》れあがる。破壊の余波が側《そば》にいたリヴァースの体を押す。

わずかに地面が抉《えぐ》れただけで、リヴァースの体は止まる。

眩《まぶ》しさは視線を白く濁《にご》らせる。

「くっ！」

一瞬《いっしゅん》のこととはいえ緊張《きんちょう》する。視覚以外の感覚に意識を込《こ》める。感覚の手をレヴァンテインから離《はな》さないようにする。

はたして、少女はいまだその場にいた。

避《よ》けなかったのか？

いや……

「生きている？」

到を感じられないので他のことで確認《かくにん》しなければならない。視界はいまだにぼやけている。耳も轟音《ごうおん》の余韻《よいん》に覆《おお》われている。

触覚で風の動きを読もうにも、一閃の余韻が荒《あ》れ狂《くる》っているのでやはり難しい。

しかしそれらは、普通《ふつう》の武芸者であれば、だ。

激戦の中で微細《びさい》な情報を読み取り続けてきた天剣授受者《てんけんじゆじゅしゃ》であれば、可能だ。

もちろん、リヴァースも。

ぼやけた視界の中でゆらめく影《かげ》は、それが熱による歪《ゆが》みではないことを見抜《みぬ》いた。

轟音が渦巻《うずま》く耳は、砂が流れるような不可解な音を拾った。

大気の流動を読む触覚は、爆発《ばくはつ》点を中心に押し出されるべき流れから逆行している何かがあることを感じとっていた。

生きている。

「ティア！」

そう結論づけたのは、一閃が着弾《ちゃくだん》してほんのすぐ後だ。

リヴァースは跳《と》ぶ。自らの技《わざ》の反動で宙返りをしていたカウンティアの元に瞬時に辿《たど》り着《つ》くと、自身の小さな体を覆わんばかりの盾《たて》を構え、来《きた》るべきものに備える。

活到衝到混合変化、金剛到《こんごうけい》。

あらゆるものを反射する鉄の意志を顕現《けんげん》させる。

来た。

自身が二つに分かれたのではないか。そんな風に思わせる衝撃は一体どれほどぶりか
……リヴァースは一瞬だが意識が切れたのに気付いた。

「リヴ！」

背後でカウンティアが叫ぶ。

「ティア、全力だよ」

短くそれだけを伝えるのが精一杯《せいいっぱい》だ。

「遠慮《えんりょ》なんかして勝てる相手じゃない」

前回の化け物に襲われたときも大変だった。

だが、大変なだけだという感覚だった。じわじわと手が回らなくなっていくあの感じは怖《こわ》さよりも苛立《いらだ》たしさの方が強かった。

長い間感じていなかった感覚を少女から浴びせられ、リヴァースの背は汗だくとなっていた。

「わかった！」

カウンティアが応じる。その瞬間には背後で勁が迸《ほとばし》る。その流れだけで全てを切り刻んでしまいそうな、そんな攻撃的な勁が爆発的に膨張《ぼうちょう》していく。

下は？　敵は？

あの少女はどうしている？

リヴァースの跳躍《ちょうやく》は、レヴァンティンの周りにあった土煙《つちけむり》を吹《ふ》き払《はら》ったはずだ。

だが、なにかの流れが少女の周りにはある。

砂のような、それよりもはるかに小さな粒子《りゅうし》の集まりが彼女に向かって流れているように見える。

カウンティアの一閃とぶつかり合った手がない。腕《うで》の根元からごっそりと失われている。

それなのに血は流れていない。まるで、最初からそこに腕がなかったかのように、血しぶきが散った様子さえもなかった。

「どういう……」
呟《つぶや》きを呑《の》み込む。
どういうことか？　それを考えている余裕《よゆう》さえもない。
ただ、頭にすっとよぎったものはある。
しかし考えを進めている時間は、やはり、ない。
「リヴ！」
「うん！」
カウンティアの叫びに、リヴァースは応じる。
背後で迸り、膨れあがり、吠《ほ》え猛《たけ》る勁が凝縮される。カウンティアの大刀に収束する。
リヴァースもまた、勁を練る。求める形に導く。
大刀が振《ふ》られる。
凝縮された衝勁の一閃が放たれる。
ここまでは同じ。
この先が違《ちが》う。
放たれた一閃がリヴァースの頭上を過ぎた瞬間、それは形を変えた。
横薙《よこな》ぎの一閃だったものが、突如《とつじょ》としてレヴァンティンに向けられた点となる。

複合剄合技、金剛点破。

金剛剄の反射能力を利用し、カウンティアの衝剄をさらにもう一段階凝縮させたのだ。

小さな球ほどにまで圧縮された衝剄は、まるで風の抵抗《ていこう》に遊ばれているかのようにやや不安定な軌道《きどう》を描《えが》いてレヴァンティンに向かう。

「…………」

隻腕《せきわん》のままの少女は、やはり避けない。

無言のまま、残された手を圧縮剄弾に向けて持ち上げた。

(どうなる⁉)

内心でそう叫ぶリヴァースだが、結果をただ見守るようなのんきなことはしなかった。

盾を構え、金剛剄を張る。

さきほどの攻撃の正体が見えていない。土煙のようなものが異様に多かった気もする。

血が流れていないのはなぜだ。大気にあった不可解な流れはなんだ?

それに、それに……

読めていないことが多すぎる。

戦闘《せんとう》中に油断をしたことはない。だが、いつもよりさらに用心深くならなくてはいけない。そんな気がしてリヴァースは全力の剄を前面に、レヴァンティンに向けて展開する。

着弾する。

爆発が起きた。

レヴァンティンの手に触《ふ》れた瞬間に爆発した。閃光《せんこう》と土煙が膨らみ、視界が効かなくなる。都市全体を揺《ゆ》らさんばかりの振動《しんどう》は、しかし、金剛剄によって無効化される。

リヴァースは金剛剄を全力で展開させながら、じっとそのときを待った。

そう、待っていた。

レヴァンティンのことはなに一つわかっていない。どうしてここにいるのか。ここからさらに先でなにをするつもりなのか。

さっきはいったい、なにをしたのか。

気になることがまだある。

カウンティアの最初の一閃を受けたとき、レヴァンティンはなにをした？

他の誰《だれ》にも、このことだけは気付くことはないだろうと、リヴァースはこの一点にだけは絶対の自信があった。

愛するカウンティアの剄技が、その爆発が、その破壊力が、あんなもので済むはずがないという確信があった。

だからこそ、全力で金剛剄を張る。

必ず、これに続く何かがあると思っている。

カウンティアを守るため、リヴァースにできることはそれしかない。

そして、予想は的中する。

嫌《いや》な方向に的中する。

爆発で上がった土煙におかしな流れがある。外側に広がるのではなく、内側に吸い込まれていく流れだ。

「同じ」

リヴァースがそう呟いた瞬間……

来た。

衝撃だ。

「ぐううっ!!」

剄が軋《きし》む、全身が震《ふる》える。衝撃が全身と意識を貫《つらぬ》いていく。リヴァースは歯を噛《か》みしめてそれに耐《た》える。金剛剄の反射能力はまったく機能していない。反射するどころではないのだ。

だが、退《ひ》くわけにはいかない。

背後にはリヴァースが最も愛している女性がいるのだから。

退くわけには……

「リ……ヴ………」

絶望の音がした。

「……………………え？」

後頭部に、首筋に、なにかが触れた。カウンティアの手ではない。

生温《なまぬる》い、液体の感触《かんしょく》だ。

驚愕《きょうがく》が全身を揺さぶる振動以上のものを与《あた》え、リヴァースは首だけで後ろを見た。

周囲の大気は荒れ狂っている。唯一《ゆいいつ》、落ち着いているのはリヴァースの金剛剄が影響《えいきょう》している圏内《けんない》だけだ。

つまり、彼の背後、カウンティアがいる場所。

だからこそ、液体はリヴァースに降り注ぐ。

彼女の血液が降り注ぐ。

「ティア？」

リヴァースの目に映ったのは、壊《こわ》れた水道管のように乱れ散る赤い液体だった。

「ごめ……ん」

不可思議な謝罪が耳に触れる。

脱力《だつりょく》したカウンティアの体が彼の背中に落ちてくる。

それを支えようとして、リヴァースは動く。もはやこの瞬間《しゅんかん》、金剛勁《こんごうけい》を維持《いじ》することなど忘れていた。

そして、だからこそ気付くことがある。

体を振り返らせようとして、リヴァースは自身の左腕が思うように動かないことに、ようやく気付いた。

「え？」

見れば、左腕がない。

振り返ったときに見えた血の光景はリヴァース自身のものも混ざっていたのだ。

「え？」

信じられない。だが、事実は動かしがたい。

リヴァースの金剛勁が破られたのだ。

破られていたのだ。

「……そうか」

その瞬間、リヴァースは理解した。

リヴァースが受け止めた二度の攻撃《こうげき》。

それは、カウンティアのものだ。

おかしいと思ったのだ。カウンティアの剄技が炸裂《さくれつ》したにしては、レヴァンティンの周囲に被害《ひがい》が少なすぎた。リヴァースがいることを考慮《こうりょ》して放たれていたにしても、あの被害はおとなしすぎた。

からくりはわからない。だが、事実は変わりない。

カウンティアの剄技が跳《は》ね返された。

二度目もそうだ。カウンティアとリヴァースの合わせ技《わざ》が跳ね返された。

だから、こうなった。

二人の剄技だからこそ、リヴァースの金剛剄は貫かれたのだ。

カウンティアもそれに気付いたに違いない。

「ごめん……」

彼女と同じ言葉を呟き、リヴァースたちは落下した。

脱力しきった落下はどこかの骨を砕《くだ》いた。肉の奥で起こったその音を聞きながら、リヴァースは赤くなった視界を巡《めぐ》らせる。もはや痛みはなく、茫漠《ぼうばく》とした意識で不自由な肉体を動かし、目的のものを探す。

すぐ近くにそれはあった。

「……ティア」

呼びかけにカウンティアは応《こた》えない。リヴァースは動きの鈍《にぶ》い体を叱咤《しった》し、彼女に向かって這《は》いずる。

カウンティアの手。まるで、彼女自身もそう望んでいるかのようにこちらに伸《の》ばされた手。

リヴァースはそれを目指す。

這いずり、進むごとに抜《ぬ》けていく力に抗《あらが》いながら、目指す。

カウンティアの手を摑《つか》んだとき、言いがたい安堵《あんど》がリヴァースを包んだ。脱力がその勢いを増し、赤かった視界が薄《うす》れていく。

消えるか消えないか、そんな寸前でリヴァースは粒子《りゅうし》が散ったかのような視界の端《はし》に何かがあることに気付いた。

もう判断能力はほとんどなかったが、それが誰かの足だと気付き、上を見る。

レヴァンティンが見下ろしていた。

先を急がない彼女に違和感《いわかん》を覚えつつも、しかしそれを防ぐことも問うこともできないリヴァースは、彼女をじっと見る。敵だという恐《おそ》れも、それを克服《こくふく》するための勇気ももはや必要なかった。全《すべ》てが無の境地にあり、そして繫《つな》がる手の感触さえあれば他《ほか》になにもい

らなかった。

ほとんど見えていない視界では、レヴァンティンがなにを目的としてリヴァースたちを見下ろしているのかがわからない。

ただ、見ているのがリヴァースたちの手のような気だけはした。

「君は……」

呟《つぶや》く。

頭の隅《すみ》を答えが過ぎていった気がした。だが、それを言葉にできる余力ももはやなかった。一瞬だけ冴《さ》えた思考もすぐに靄《もや》に吞《の》まれていく。

視界はさらにぼやけ、彼女の姿もわからなくなった。

なにもかもがわからなくなっていく中、リヴァースは繫がる手の感触だけは最後まで守り続け、そして意識を手放した。

†

(リ、リヴァース様とカウンティア様が抜かれました)

届いた声には動揺《どうよう》がある。

「ふむ」

それも当たり前のことだろう。

王宮の自室から移動中だったアルシェイラは、震えるエルスマウの声を突《う》き放《はな》した気分で聞いていた。

「他の奴《やつ》らは？」

（こちらの連絡《れんらく》よりも先に動いています）

「けっこう、早い者順でしかけさせて。ああ、新人にはしばらく見学するように言ってあるけど、動いたら動いたでほっといていいから」

（はい……陛下《へいか》は？）

「向こうの目的はわかってるのだから、最終防衛ラインに行くのよ。それとも他の奴らほっといて前線に行こうかしら？」

（い、いえ、それは得策ではないかと）

「そっ。……都市民の避難《ひなん》は順調？」

（はい。敵が騒動《そうどう》を拡大させていないため、順調に進んでいます）

「そうそう、他にもいたんだっけ。そっちは？」

（天剣《てんけん》以外の武芸者たちが足止めを。いえ、むしろこちらが足止めをさせられているという状況《じょうきょう》でしょうか）

「ふうん。あまりうるさくする気はない、というところかしら？　ま、それならそれで。天剣《てんけん》連中にはそいつら無視で王宮の本命だけを狙《ねら》えと厳命しておいて」

（かしこまりました）

「まっ、しばらくは向こうにやられっぱなしになるでしょうね」

話が終わったところでそう呟く。エルスマウも聞いていただろうが、返事が返ることはなかった。

アルシェイラも彼女の反応がないことを気にしない。

それよりも……と、隣《となり》に視線を向ける。

彼女を追いかけるように、やや遅《おく》れて歩く姿がある。

リーリンだ。

「どう？　いけそう？」

「もちろんです」

硬《かた》い表情で頷《うなず》く彼女の姿はやはり痛々しい。アルシェイラはひっそりと表情を歪《ゆが》ませて、そしてすぐにそれを消した。

いまさらリーリンに帰れなどとは言えない。それは、彼女の覚悟《かくご》を侮辱《ぶじょく》することになる。なにより、彼女の力は必要だ。

「……まったく」

「はい？」

「なにも」

思わず出てきた呟きを半端《はんぱ》な笑《え》みで誤魔化《ごまか》す。

なんとも皮肉な話だと思う。

思い続けている。

このために、この日のためにアルシェイラ・アルモニスはあった。

アルモニス家はあった。

グレンダン三王家はあった。

天剣授受者《てんけんじゅじゅしゃ》も、槍殻都市《そうかくとし》も……

この日のために用意された。

アルシェイラはこの日のために養殖《ようしょく》された。

そのはずだった。

だがどうだろう？

実際に、切り札は彼女の下《もと》には訪《おとず》れなかった。それは彼女の手を零《こぼ》れ、凝縮《ぎょうしゅく》させた血から外れ、薄まった一般《いっぱん》人の少女を選んだ。

運命というものがあるとすれば、それはとんだ皮肉屋か、あるいは嫌《いや》がらせが大好きな性格破綻者《はたんしゃ》なのだろう。

この運命のずれは少女にとって不幸であり、アルシェイラにとっては屈辱《くつじょく》だ。

「……まるで、まちがった靴《くつ》をずっと履《は》かされているみたい」

「え？」

言うまいと己《おのれ》に言い聞かせてきた。

だが、この土壇場《どたんば》になって零れてしまった。しまったと顔をしかめる気にもなれず、やはりアルシェイラは半端な笑みを浮《う》かべ続けた。

「……あ」

リーリンが気付く。

「あの……」

「いいのよ、あなたが悪いわけではない。悪いとすれば、堪《こら》え性《しょう》のなかった婚約《こんやく》者だから」

ああ、しかしそれでも、そうだとしても、不運は自分の子供に降りかかるだけの話だ。

決して、アルシェイラの下にとどまることはなかった。

終わらせたいと思っている者の下ではとどまらなかったのだ。

考えても考えても、その事実は覆《くつがえ》らないし、覆らせる方法は見つからなかった。

「ままならないものよ、本当に」

「……はい」

頷くリーリンを視界に収めつつ、アルシェイラは辿《たど》り着《つ》いた昇降機《エレベーター》を操作し、地下に降りる。

昇降機越《ご》しに見える地下は暗い。緊張感《きんちょうかん》はすでにこの暗い空間にも満たされている。来《きた》るべき時を迎《むか》えたことを、この暗闇《くらやみ》も承知しているに違《ちが》いない。

昇降機は下っていく。

アルシェイラとリーリンを乗せて彼女の下へと。

†

カルヴァーンは『なにがどうなっているのか』を考えずにはいられない人間だ。

エルスマウからの連絡を受ける前にはすでに異変に勘《かん》づいていたが、移動途中《とちゅう》に状況を報告させた。

それで全て理解できたとはとうてい言えない。

なにより、核心《かくしん》的な部分で女王はなにも説明をしていない。

長くグレンダンにいる者として推測できている部分はあるが、あくまでも推測だ。聞いたところで、女王は「前の続き」ぐらいしか言わないだろう。そういう人物だということは、もう嫌になるぐらい承知している。

それでも、どうなっているのかを考えてしまう。

しかし、彼が天剣授受者《てんけんじゆじゆしや》として一流を超《こ》えた武芸者であることも事実だ。

『事態』と対面すれば、やるべきことは自《おの》ずと見える。

王宮の周りで展開する奇怪《きかい》な戦場を指示どおりに無視し、王宮内部へと入ったカルヴァーンはそれを見た。

折り重なって倒《たお》れる一組の男女。

「リヴァースたちか？」

地面を濡《ぬ》らす赤い液体は冗談《じようだん》の類《たぐい》ではない。カルヴァーンは表情を険しくし、その先を見た。

リヴァースたちが倒れた数歩先にそれはいた。

「貴様か！」

少女の姿をしているが、それに騙《だま》されるカルヴァーンではない。移動を再開し始めたばかりという様子の少女の前に、カルヴァーンは着地した。

「……退《ど》いてください」

「下郎《げろう》が、貴様が失《う》せろ」

低い声で答え、復元した剣を構える。

黄金色の剄がカルヴァーンを包む。

外力系衝剄《がいりきけいしょうけい》の変化、刃鎧《じんがい》。

黄金の剄が無数の刃を織りなしてカルヴァーンを包む。

裂帛《れっぱく》の気合いが風を起こし、少女の体を揺《ゆ》らした。

その横で、一つの気配がカルヴァーンの背後に辿り着いた。

「カルヴァーン！」

声はカナリスだ。

「来るな！」

着地し、そのまま天剣《てんけん》を復元させて合流しようとした彼女を、しかしカルヴァーンは止めた。

「他の者と合流して迎撃《げいげき》態勢を整えろ」

「しかし……」

「行け、見ただろう」

それがカルヴァーンの視線の先、少女の背後で折り重なる二人のことだということは、口にするまでもなく通じた。

「くっ……」

「行けっ」

「……必ず」

そう言い残し、カナリスが再び跳躍《ちょうやく》する。

なにを言い残そうとしたのか？　それを刹那《せつな》考え、カルヴァーンは顔をしかめた。しかめて、笑みを作った。

必ず、仇《あだ》を討《う》つと言いたかったのか？

「このカルヴァーンがむざむざ捨て駒《ごま》になるものか」

剄の勢いに衰《おとろ》えはない。それは、心に陰《かげ》りがないことの証《あかし》だ。

負けを意識して戦うなどありえない。

「気に入らぬとはいえ同じ天剣授受者《てんけんじゅじゅしゃ》、仇は討たせてもらうぞ」

刃鎧は拡大する。幅広《はばびろ》の剣という形を得た天剣《てんけん》からも黄金色の剄が伸《の》び、その版図《はんと》を広げていく。粘液《ねんえき》のように、しかし速度は粘液の比ではない。瞬《また》く間《ま》に周囲に満ち、少女を、レヴァンティンを包囲していく。

「我が剣陣《けんじん》の前に滅《めっ》せ！」

叫《さけ》ぶ。

剣を振《ふ》る。

それは、周囲に満ちた黄金色への合図だ。

展開されたそれらが一斉《いっせい》にレヴァンティンに迫《せま》る。粘液のように広がったものは、瞬く間に硬質《こうしつ》化し、刃の群、あるいは針の筵《むしろ》と化して少女を覆《おお》い尽《つ》くさんとする。

逃《に》げ場《ば》などどこにもない。そんな隙《すき》を作るようなカルヴァーンではない。

しかしレヴァンティンは、まるで自分の身になにが起きているのかわかっていないかのように泰然《たいぜん》とそこに立っている。

刃の群がレヴァンティンを貫《つらぬ》いた。

貫いた。それで仕留めたと確信するにはまだ弱い。

この程度で勝てる相手に、あの二人が倒れるはずがない。

「ぬううぅん！」

意気を込《こ》め、次なる段階に到を運んでいく。

獲物《えもの》を捕《と》らえた黄金色はその場でレヴァンティンを中心に球状となる。

外力系衝剄《がいりきけいしょうけい》の変化、夢《む》想獣刃《そうじゅうじん》。

球状の内部で、レヴァンティンを貫いた無数の刃が内部を疾走《しっそう》する。周囲に満ちていた黄金色がこの場に収束したことで圧力を発生させてもいる。さらにはその圧力による熱に加え、剄本来が持つ破壊《はかい》エネルギーが熱を加速させる。

斬撃《ざんげき》。圧撃。熱撃。

三重の攻撃《こうげき》がレヴァンティンを襲《おそ》う。

それは、黄金色の怪物《かいぶつ》が獲物を捕食《ほしょく》しているが如《ごと》き様《さま》だ。

強力な再生能力を持った汚染獣《おせんじゅう》を完膚《かんぷ》なきまでに葬《ほうむ》る無情の剄技、それがカルヴァーンの夢想獣刃だ。

だが……

「ちぃ！」

やったという手応《てごた》えがない。カルヴァーンは舌打ちを吐《は》き、夢想獣刃はそのままに新たな刃鎧を身に纏《まと》う。

夢想獣刃の内部は濃密《のうみつ》な黄金色によって見えない。

手応えがない。捕らえ、剄技が発動し、刃が駆《か》け巡《めぐ》るまではたしかな手応えがあった。刃が獲物を捕らえた抵抗《ていこう》感を剄越《ご》しに感じることができた。

いまは、それがない。

砕《くだ》きったからという安直さはカルヴァーンにはない。自らの剄技内で起こっている微《び》細《さい》な変化までも捉《とら》えることができるからこそ、そんな判断はしない。

まるで、ある段階から獲物がすり替《か》えられたかのように手応えが変化した。

固体から砂のような流体に変わってしまったかのような、そんな不可解さだけが球体の中にある。

(抜《ぬ》けられたか?)

カルヴァーンも気付いていないような方法で夢想獣刃から抜け出たというのか?

だとすれば夢想獣刃の維持《いじ》は無駄《むだ》な一手となる……が。

「…………」

カルヴァーンは瞑目《めいもく》する。

夢想獣刃は解かない。

剣を肩《かた》に担《かつ》ぐようにし、変化を待つかのように直立する。

王宮の外での戦闘《せんとう》音が激しさを増している。吹《ふ》き荒《あ》れる剄の質は普《ふ》通《つう》の武芸者のものではない。

(リンテンスか?)

剄の質からそう読み取った。

天剣授受者《てんけんじゆじゆしや》は王宮内へと指示されているはずだが、リンテンスはそれを無視したか？

雑魚《ざこ》を相手の戦いで我を忘れるような人間ではないはずだ。

ならば足止めされたか？

エルスマウを呼んで状況《じようきよう》を説明させている暇《ひま》はない。カルヴァーンはさらに集中し、余計な情報を思考から追い出す。

夢想獣刃の手応えにはなんらかの秘密があるはずだ。

それを解かなくては……

「む……」

時間として、瞑目していたのはほんのわずかだ。だが、神速で進んでいく状況の中で、それはとてつもなく長くも感じられた。

カルヴァーンが目を開ける。

「そういうことか！」

叫び、肩に担いだ剣を振り上げる。

刃鎧が剣に収束し、長大な一振りの剣と化す。

外力系衝剄《がいりきけいしようけい》の変化、金色夜叉《こんじきやしや》。

振り下ろされた一閃《いつせん》は夢想獣刃を切り割り、カルヴァーンの見抜いたなにかを一閃する。

はずだった。

「ぬうっ!?」

意外な感触《かんしょく》が勁技そのものを発生させなかった。

なにかが、カルヴァーンの体を押さえた。

腕《うで》に、足に、腰《こし》に、なにかが巻き付き動きを止めた。

見れば、それは手だ。腕だ。

見た目から、それはおそらく若い女性の手だろう。それが無数に、まるで草かなにかのようにそこら中から発生し、カルヴァーンを摑《つか》んでいる。

「読み違《ちが》えたか!?」

思わずそう叫ぶ。

いや……

読み違えてはいないはずだ。

これはそういう生物なのだ。

見た目に惑《まど》わされてはならない。勁も発していないのに天剣授受者《てんけんじゅじゅしゃ》二人を屠《ほふ》り、カルヴァーンの夢想獣刃を不可解な手段でいなしてみせるこの存在が、見た目どおりの生物であるはずがない。

ならばやはり、カルヴァーンの読みは正しいのだ。

手は、さらに変化する。引きちぎろうとしたカルヴァーンの動きに反応するかのように、手は一つにまとまり硬質化していく。

カルヴァーンは、巨大《きょだい》な岩に取り込まれたかのような姿となった。

「ぐう……」

彼の膂力《りょりょく》をもってしても、それは砕けない。

次なる変化はすでに起きている。

カルヴァーンの頭上に気配がある。

見上げれば、それは無数の槍状《やりじょう》のなにかだ。鋭《するど》い先端《せんたん》は、全《すべ》てカルヴァーンに向けられていた。

「おのれ……」

夢想獣刃を維持したままでは、この岩を砕くどころか頭上の槍を捌《さば》くこともできない。

カルヴァーンは剄技を解き、防御《ぼうぎょ》のための剄を奔《はし》らせた。

　槍が降り注ぐ。

　剄の爆発《ばくはつ》が起きる。

爆発の光の中、束縛《そくばく》から脱《だつ》し、槍の雨を捌いたカルヴァーンはそれを見る。

地を這《は》うような低さで接近してくる一つの影《かげ》を。

それは夢想獣刃を展開していた方向からやってきた。

「やはりか！」

爆発の中でカルヴァーンは叫ぶ。次なる剄を剣に込めながら、向かってくる少女に向けて振り下ろす。

少女の手に武器はない。だが、貫手《ぬきて》となった指先に、死の予感が宿っていた。

斬撃と貫手が交錯《こうさく》する。かすり合う。火花が散り、お互《たが》いに起動が狂《くる》う。

カルヴァーンの剣はレヴァンティンの肩を薙《な》ぎ。

レヴァンティンの貫手はカルヴァーンの喉《のど》を裂《さ》いた。

「ぐう……」

短く呻《うめ》き、カルヴァーンは倒《たお》れた。

†

カルヴァーンが倒れた。

その事実はエルスマウから伝わる前に、カナリスは伝わる大気の流れで感じとっていた。

いま、カナリスは王宮内部のとある通路前にいた。

彼女の背後には、アルシェイラたちが使った昇降機《エレベーター》がある。

地下へと続く道だ。

他《ほか》にも地下への行き方はあるが、レヴァンティンが王宮に現われた以上、通るのはここだろう。

堂々と王宮を破り、地下へと向かう気なのだとカナリスは予感していた。

カナリスの表情は硬《かた》い。

いつもならばふざけた輩《やから》だと怒《いか》り狂っていただろうが、いまはそんな気にはなれない。

すでに三人が抜かれている。

冗談《じょうだん》ごとではないのだ。

王宮の中の一般《いっぱん》人の退避《たいひ》は済んでいる。他の武芸者たちは外で暴れている謎《なぞ》の集団の対処に向かわせた。

本命のレヴァンティンには天剣授受者《てんけんじゅじゅしゃ》たちが当たる。

女王から細かく指示されたわけではないのだが、気付けばそういうことになっていた。

こうなるしかない状況だということだろう。

カナリスは背後を見た。

そこにはすでに天剣授受者《てんけんじゅじゅしゃ》が集《つど》っている。

サヴァリス、トロイアット、ルイメイ、バーメリン、そして天剣《てんけん》になったばかりのハイアに、さらにもう一人。

「クラリーベル様？」

カナリスは彼女がそこにいることに首を傾《かし》げた。

「あはははは、お久しぶり」

ツェルニに家出したはずの彼女がどうしてここにいるのか？

「どういう事情かわかりませんが、これからの戦闘は大変危険ですので退避か、外側の敵の排除《はいじょ》に……」

「あははは……実は、こういうことなんです」

クラリーベルはどこか引きつった笑《え》みをして、錬金鋼《ダイト》を見せる。

凝《こ》った装飾《そうしょく》が施《ほどこ》された基礎《きそ》状態のそれは、カナリスのものと同じだ。

「天剣《てんけん》……」

「なんか、そういうことらしいです」

残っていた天剣《てんけん》は、亡《な》くなったティグリスのもののはずだ。

祖父のものを孫が継《つ》ぐ。そういう記録はいまのところはない。また、女王がそういう建て前や情を重視する人間だとは思えない。

ならば、彼女に継ぐだけの実力があると判断したということだろう。

ツェルニにいたはずの彼女がここにいるという距離《きょり》的な問題は、いまはいい。

ここにいるという事実は変わらないのだから。

「わかりました」

気を取り直し、カナリスはそう言った。

「リンテンスの旦那《だんな》は？」

そう聞いてきたのはトロイアットだ。

「外で足止めをされていますよ」

答えたのはサヴァリスだ。以前に喉を切って死にかけて以来、声が嗄《しゃが》れている。完璧《かんぺき》に治すこともできたはずなのに、サヴァリスはあえてその状態を選んだのだという。

「まぁ、あの人のことですからあえてその場に居座っているのでしょうけれど」

「だな、おれたちが来れたのに旦那が来れないはずがない」

「それで、どうするんだ？　ここで総掛《そうが》かりの防戦か？」

頷《うなず》き合う二人の横でおもしろくないという顔をしているのはルイメイだ。彼もできれば一人で戦いたいと思っているのだろう。

しかしそれは、ここにいる全員が似たような心情のはずだ。

「すでにリヴァースにカウンティア、カルヴァーンと抜《ぬ》かれています。一人ずつというのは無意味な戦法でしょう」

カナリスが答える。

「作戦は？」

「任せるとのことです」

バーメリンの質問に答える。

「実際、作戦らしい作戦など、立てようがありませんしね」

敵は一人だ。

しかし、その戦い方は不明だ。

「敵の情報もないのに作戦など立てようもありません」

「連携《れんけい》という意味でならあのお二人に敵《かな》うものなど僕たちに再現できるはずもないですけどね」

言ったのはサヴァリスだ。二人というのがリヴァースとカウンティアだということはわかりきっている。

「おや、意外に危機的状況だな、これは」

トロイアットが茶化す。

「陛下《へいか》からはなにが壊《こわ》れても気にするなというお言葉も頂いています」

「ふん、この上なにが壊れたか気になどしていられるか」

カナリスの言葉にルイメイが鼻を鳴らす。

「……おっさんたちは頭が固いから不平が多いさ～」

ふらっと、聞き慣れない声が入り込んできた。

聞き慣れないが、部外者というわけではない。すぐに誰《だれ》が喋《しゃべ》ったのかはわかった。

少し離《はな》れたところにいたハイアだ。

「なんだと小僧《こぞう》？」

ルイメイが睨《にら》むが、ハイアは動じない。

「一人でやりすぎて、集団戦のやり方を忘れてるのを認めたくないのさ～」

「違いない」

さらりと言ってのけたハイアに、サヴァリスがそう漏《も》らし、笑った。

「しかし、少年。だからどうしろと？　いまさら集団戦のやり方を改めて修得している時間もないのだけれど？」

「おれっちがいるさ。これでも傭兵《ようへい》団の団長やってた。強敵とやりあった数じゃおっさんたちには負けるだろうが、集団戦を指揮した数じゃおれっちが圧倒《あっとう》さ～」

「なるほど」

頷いたのもサヴァリスだ。

同じように、カナリスも内心で納得《なっとく》していた。

天剣授受者《てんけんじゅじゅしゃ》はその圧倒的な実力のため、最終的には個人主義とならざるを得ない。ときに二人、三人と共闘《きょうとう》することがあったとしてもその場限りのことだし、最終的には力押しでどうにかしてきたというのが実情だ。

天剣授受者《てんけんじゅじゅしゃ》が一人いれば、ほとんどの敵には対処できた。

だからこそ、天剣授受者《てんけんじゅじゅしゃ》は集団戦を得意とはしていない。

前回の戦いも、結局は天剣《てんけん》一人に一カ所を任せるというやり方をしただけであって、あれで連携をしたということにはなりはすまい。

すくなくとも、今回求めている連携とはかけ離れている。

だから、ハイアの提案は良策ではないか、とは思った。

「誰が貴様なんぞの言うことを聞けるか」

ルイメイが吐《は》き捨《す》てる。無言だがバーメリンも嫌《いや》な顔をしていた。サヴァリスやトロイアットは韜晦《とうかい》して態度を変えない。

いかんせん、ハイアに対する信用が足りない。天剣《てんけん》が授与《じゅよ》されてから、その実力を示す機会がなかった。その上で、彼の指揮能力となれば実績があったとしても、この場にいる者たちが目にしてない以上、未知数という判断になってしまう。

つまり、自分の命を預けられるかわからない、ということになる。

クラリーベルなどは他の者たちの存在感に押されて意見さえも言えないでいる。

（いけませんね）

この状況《じょうきょう》は良くない。カナリスはそう思った。

それはわかる。

しかし、改善の時間もない。

足音が聞こえてきたからだ。

†

聞こえてきた足音にハイアは基礎状態の天剣《てんけん》を握《にぎ》りしめる。

掌《てのひら》は汗《あせ》ばんでいた。

緊張《きんちょう》しているのだ。

「……へ」

こんなに緊張しているのはいつ以来だろうか？　考えると自然に笑みが零《こぼ》れてきた。

しかし、自分よりも強いであろう武芸者たちが緊張した面持《おも も》ちでいるのだ。

ハイアが緊張しないでいられるわけがない。

「いや、ちと弱気になりすぎか？」

ハイアだって天剣授受者《てんけんじゆじゆしゃ》だ。つまり、彼らと同等の立場にいるということになる。

臆《おく》したり遠慮《えんりょ》したりする必要はない。

そう思っているからこそそのさっきの発言のはずだ。

はずなのだが……

「ま、そう簡単には慣れないか、さ〜」

天剣授受者《てんけんじゆじゆしゃ》は超絶《ちょうぜつ》の実力を持つ武芸者……感じる雰囲気《ふんいき》も並のものではない。レイフォンと相対したときには尋常《じんじょう》ではない対抗心《たいこう》が、その雰囲気を相殺《そうさい》させていたが、いまはそうではない。

なにより、たくさんいる。

周りを見渡《み わた》して安心できるのが、なり立てだというクラリーベルだけだというのが情けない。

なにより、彼女もハイアを見て同じような表情をしているのだから、より情けなくなってくる。

(無謀《むぼう》な提案をしましたね)

こっそりと、そう話しかけてくる声があった。

声だけだ。

見ればすぐちかくで念威端子《ねんいたんし》が漂《ただよ》っている。

エルスマウだ。

「それが一番だと思っただけさ〜」

実際、その部分に嘘《うそ》はない。

個人として超絶の力を持つ天剣授受者《てんけんじゅじゅしゃ》たちで敵わない可能性があるのであれば、彼らの苦手な集団戦、特に連携の部分で勝機を見出《みいだ》すのも一つの手だと思ったのだ。

もちろん、うまくいくかどうかはやってみなければわからないが。

「あんたは、どう思った？」

相手に合わせて、ハイアも声を潜《ひそ》めた。

(え？)

「おれっちの提案」

(それは……一考に値《あたい》するものだとは思いましたが)

「へえ」

（しかし、いますぐに同意を得られるものではないとも思いました）

「どうしてさ？」

（あなたが信用されていないからです）

「やっぱりそこかさ〜」

わかってはいたが、他人に指摘《してき》されればやはりと思う。

なにしろ、天剣《てんけん》になってから実力を示す機会がなかった。

そして実戦の機会が来たかと思えばいきなりこれだ。

おそらくこの戦いがカリアンの言っていた、この世界を賭《か》けた最後の戦いなのだろう。

「あいつ……どうしてるかさ〜？」

（はい？）

「なんでもないさ」

カリアンがいまどうしているか、それを考えてみたところでどうしようもない。

彼がやろうとしていたことが実を結ぶかどうかも、同じだ。

戦いはいまハイアの目の前にあり、そしてこの瞬間《しゅんかん》では他人に期待をしている余裕《よゆう》はないのだから。

「なら、とりあえず早急《さっきゅう》に信用が得られるようにがんばるか、さ〜」

足音はずっと聞こえている。

無人の王宮に入り、迷うことなくこちらを目指している。

音は一定で、焦《あせ》っている様子はない。

まるで、こちらの態勢が整うのを待っているかのようだ。

武芸者の目は、とっくに侵入者《しんにゅう》の姿を捉《とら》えていた。少女の姿にも驚《おどろ》いたが、それ以上に
どこかで見たことのある服装をしていたことにも驚いた。

その服装がなにかを思い出して、やや苦々しい気持ちになる。

「ツェルニかさ」

それは、ツェルニの女子生徒が着ている制服と同じだった。

こんなところにまできて『あいつ』の顔を思い出しそうな者が出てくるとは思わなかった。だから、苦い顔にもなる。

しかし、ツェルニであるということと、いまの危機は繋《つな》がらないはずだ。繋がったとして、のんびりと謎解《なぞと》きができる時間もない。

「やることをやるだけさ」

いまやるべきことは、あの少女を敵として戦うことだ。

そして……

「嫌《きら》われ者《もの》から始まるのは慣れてるさ～」

傭兵として各地を転々としてきたハイアだ。

勝つための算段をするために、急場の信用を得るためにはどうすれば良いかもわかっている。

（どうかご無事で）

「おうさ！」

いまになってもエルスマウと名乗り続ける念威繰者《ねんいそうしゃ》に答え、ハイアは復元の光を引き連れて少女の前へと躍《おど》り出《で》た。

内力系活剄《ないりきけいかっけい》の変化、旋剄《せんけい》・流《りゅう》。

ハイアが独自に改良を施《ほどこ》した旋剄が、瞬《また》く間《ま》に少女の前に運ぶ。

「てめぇ！」

怒鳴《どな》ったのはルイメイだ。

「遅《おそ》いのが悪いのさ！」

背後に返しながら、ハイアは復元したばかりの天剣《てんけん》を疾走《しっそう》させる。

サイハーデン刀争術《とうそうじゅつ》、焔切《ほむらぎ》り。

炎《ほのお》を引き連れた神速の居合いが少女、レヴァンティンを斜《なな》めに切り上げた。

「くうっ！」

そのまま、返す刀に焔重《ほむらがさ》ねへと繋げるつもりだったハイアだが、急遽《きゅうきょ》予定を変更《へんこう》し、一気に後退した。

手応《てごた》えがない。

まるで、素振《すぶ》りでもしたかのように焔切《ほむらぎ》りに手応えがなかった。

残像、分身の類《たぐい》で目を眩《くら》まされたかと周囲を探《さぐ》ったが、そういうわけではないらしい。

「なるほど、三人も倒《たお》れるわけさ〜」

額に大粒《おおつぶ》の汗が浮《う》かぶ。

ただの一撃《いちげき》で、レヴァンティンの強さが身に染《し》みた。

「退《ど》いてください。わたしはただ、目的の場所へと向かっているだけです」

「そいつは、ちょっと聞けないさ〜」

さきほどの一撃を、受けたレヴァンティン自身が『なかったこと』のように扱《あつか》っている。

そう受け止めて、ハイアは汗を吹《ふ》き飛《と》ばした。

「いいからちょっと、おれっちと遊んでくれさ〜」

「……しかたありません」

ハイアはわからないが、このときになって、レヴァンティンは初めて別の行動を取った。だらりと下げていた少女の手に、いきなり一振《ひとふ》りの剣が現われる。それは、少女の手から『生えた』ように見えた。

「どうしても邪魔《じゃま》をするというのであれば……」

「ぬわっ」

気配が先に来た。

ハイアは叫《さけ》び、自らの刀を前にやる。

衝撃《しょうげき》が全身を突《つ》き抜《ぬ》ける。

レヴァンティンの冷たい表情がすぐ近くにあると気付いたのは、その後だ。

「実力で排除《はいじょ》させていただきます」

「……やってみろさ！」

全身に名残《なごり》をとどめる衝撃を吹き飛ばし、ハイアは叫ぶ。

技《わざ》を放つ。

サイハーデン刀争術《とうそうじゅつ》、円礫《えんれき》。

本来は衝剄弾《しょうけいだん》の無作為《むさくい》な乱射で周囲を威圧《いあつ》する技だが、修正を加えた。前面にのみ展開し、レヴァンティンに衝剄弾を浴びせかける。

だが、そのときにはもう、レヴァンティンの姿はない。

背後。

「ちぃ！」

本能と経験が体を勝手にしゃがませる。頭上を剣の形をした死の風が走り抜けていった。

活剄衝剄混合変化、竜旋剄《りゅうせんけい》。

自らを竜巻《たつまき》と変えて背後のレヴァンティンを吹き飛ばす。

宙に舞《ま》った少女に、回転を止めたハイアは追撃を放つ。

竜旋剄変化、風鎌《かぜかま》。

発生していた竜巻がハイアの刀に収束し、放たれる。限界まで細く引《ひ》き絞《しぼ》られた螺旋《らせん》の風刃《ふうじん》はその回転力でレヴァンティンの体を無惨《むざん》に引き裂《さ》く予定だった。

その予定は、簡単に覆《くつがえ》されるわけだが。

螺旋の刃《やいば》はレヴァンティンに接触《せっしょく》する。

だが、刃は少女の体を引き裂くことはなかった。

少女が回る。

「んなっ！」

その光景に、思わずハイアも奇妙《きみょう》な声を出してしまった。

少女は回転に体が引っかけられたかの如《ごと》くに、螺旋の周囲を回転し、そして放《ほう》り投げられてしまった。

人ではない。もっと軽いものが引き回されたかのような物理現象に唖然《あぜん》とする。

だが、唖然としたままではいられない。

放り投げられたレヴァンティンは屋根に足を掛《か》け、逆様の格好で跳躍《ちょうやく》しようとしている。

つまり、ハイアに向けて跳《と》ぼうとしている。

驚愕《きょうがく》から脱《だつ》したハイアには、迎撃《げいげき》態勢を整える十分な時間があった。

次の衝突《しょうとつ》にも十分に対処できる余裕がある。


だが、傍観者《ぼうかん》の方に心の余裕がなかった。

跳躍の姿勢に入ったレヴァンティンの姿が消えた。

彼女自身の意思で動いたわけではない。巨大《きょだい》な影《かげ》が駆《か》け抜け、彼女のいた場所ごと抉《えぐ》り取っていったのだ。

音は後からやってくる。

破壊《はかい》も後からやってくる。

巨大な鉄塊《てっかい》が少女の体をかき消し、天井《てんじょう》を突き抜けて行った。

ルイメイの天剣《てんけん》、鉄球だ。

「うだうだと、こざかしい」

爆音《ばくおん》とともに降り注ぐ建材を無視し、ルイメイが鎖《くさり》を引く。その先で繋がった鉄球はその質量からは考えられない速度で、そして見せつけた破壊からしたら驚くほどの静かさで彼の足下《あしもと》へと戻《もど》ってきた。

「徹底的《てっていてき》に叩《たた》きつぶせばいいだけだろうが」

ルイメイが言い終わるかどうか……

ルイメイの横から真紅《しんく》の柱が伸《の》び、鉄球の穿《うが》った穴へと伸びていった。

真紅は炎だ。

「そうだろうけども、旦那《だんな》は順番ていうのを気にした方がいいな」

炎を放ったのはトロイアットだ。

「お前が言うか」

「それはほら、旦那が失敗していたときに恥《はじ》を掻《か》いちゃいけないからさ。念のためにさ」

「はっ」

トロイアットの減らず口に、ルイメイが顔をしかめる。

「は〜……やれやれさ〜」

ハイアのためいきは全員に黙殺《もくさつ》された。

「……ところでお二人、この上には陛下《へいか》の私室があったのでは？」

サヴァリスがそんなことを言う。

「はっ、こんな戦いでどこが壊《こわ》れたとか心配してられるか！」

「陛下からもなにが壊れても気にするなとお言葉を頂いております」

ルイメイが鼻で笑い、カナリスが生真面目《きまじめ》に説明を入れる。

「それはさきほども聞きましたけどね。ただこういう場合、陛下の部屋が例外になるというのはよくある話かと」

「……陛下の私物なんか降ってきたら笑えませんね」

サヴァリスの説明にカナリスが青い顔になる。

「自作の詩集なんか出てきた日にはおれたち生きてないね。きっとな」

「それは二つの意味で怖《こわ》い」

トロイアットの思いつきにサヴァリスも笑《え》みを引きつらせた。

「あの……あんまり油断しない方が」

年長者たちの態度にクラリーベルがおずおずと手を挙げて発言する。

「もちろん、油断なんてしてないさ、元弟子《でし》」

「も、元ですか？」

トロイアットの返事にクラリーベルが目を丸くする。

「同じ天剣《てんけん》になったんだから弟子も師匠《ししょう》もないな〜」

「は、はぁ」

「で、だ。もちろん油断なんかしてねぇ」

「そうですか？」

「疑うなよ」

「疑いますよ」

「はは、まぁしかたないか」

笑うトロイアットの余裕《よゆう》が、クラリーベルにはわからない。

それは、会話に加わっていないハイアも同じようだ。

「油断はしてないんだよ。油断しているように見えるのはな……」

そう言っているトロイアットの背後で動きがあった。

クラリーベルも、ハイアも、その動きを見逃《みのが》しはしない。

サヴァリスはその場に立ち、親指と中指を合わせている。指鳴らしの格好だ。

ぐっと力を入れたように見えた次の瞬間《しゅんかん》、指が音を鳴らした。

「次を誰《だれ》がしたかがわかっているからだ」

トロイアットの声が重なる。

その次だ。

残っていた天井が爆砕《ばくさい》した。

重く激しい振動《しんどう》が王宮全体を殴《なぐ》るように揺《ゆ》らす。

全身の視界がぶれる中、レヴァンティンの姿が見えないなにかから弾《はじ》き飛ばされたかのようにして現われる。

「だんだんとわかってきましたよ」

サヴァリスがそう言った。

「あなたの仕組み」

落ちてきたレヴァンティンの前に、こんどはサヴァリスが立つ。

建材の粉塵《ふんじん》に塗《まみ》れたのか、レヴァンティンの全身が白っぽい砂のようなもので汚《よご》れていた。

「おもしろいですね。人の姿をした汚染獣《おせんじゅう》ですか」

「…………」

「まぁ、これまでも寄生型とかいろいろと見ていますからね。いまさら人の姿をしているからと驚《おどろ》くこともないのでしょうが」

「……その認識《にんしき》は間違《まちが》っています」

「おや？」

「ですが、それを説明する気はありません」

「ふむ？」

レヴァンティンの態度に首を傾《かし》げながらも、すぐにいつもの笑みに戻る。

「まぁいいですよ。自業自得《じごうじとく》とはいえ、前回はあまり暴れられませんでしたからね」

そう言って首の傷を撫《な》でる。リンテンスに処置されなければ、レイフォンに首を切られそのまま死んでいた。

あの日から療養《りょうよう》のために戦闘《せんとう》らしい戦闘はほとんどしていない。

「楽しませてください」

そう言ったサヴァリスの顔は凄惨《せいさん》なほどに深い笑みを浮《う》かべていた。

その笑みがかき消える。

いや、彼の体ごと消えていた。

「………」

無言のままレヴァンティンが腕《うで》を振《ふ》れば、その周囲の床《ゆか》から無数の突起《とっき》が現われる。

サヴァリスの姿が現われたのは次の瞬間だ。

自らの神速によって突起に自滅《じめつ》していく光景が展開されようとする。

する……が、惨劇が起きる寸前でサヴァリスの姿は消えた。

残像だ。

気付いていたのかどうなのか、レヴァンティンの行動に遅滞《ちたい》はない。

上を見る。

そこに、一直線に降下してくるサヴァリスの姿がある。

レヴァンティンは手にしていた剣を投じた。

剣はレヴァンティンとサヴァリスの中間に到達《とうたつ》するや、その姿を変貌《へんぼう》させる。伸張《しんちょう》と枝分かれを繰《く》り返《かえ》し、見る間に剣の姿を失ったそれは、茨《いばら》となって降下するサヴァリスをからめとろうとする。

それもまた、虚《むな》しく空回りする。

またも、残像だ。

いや、幻像《げんぞう》と言った方が正しいのかもしれない。

レヴァンティンが次々と周囲に視線を飛ばす。

次々と、次々と……

刹那《せつな》の間でサヴァリスの姿が次々と現われ、消えることなく壊れかけの王宮に溢《あふ》れかえる。

活剄衝剄《かっけいしょうけい》混合変化、千人衝《せんにんしょう》。

「さあ、確かめさせてください」

無数のサヴァリスが声を重なり合わせる。

所狭《ところせま》しと存在するサヴァリスがみな、同じ格好をする。両手を重ね、腰《こし》に引き寄せる。

合わせた手はその指の形から猛獣《もうじゅう》が顎《あご》を開いたかのようにも見えた。

外力系衝剄《がいりきけいしょうけい》の変化、咆剄殺《ほうけいさつ》・掌破《しょうは》。

サヴァリスの才がルッケンスの秘奥《ひおう》に手を加えた。

千人のサヴァリスがレヴァンティンを取り囲み、同時に振動波《しんどうは》を放つ。

破壊をもたらす振動がレヴァンティンを中心に荒《あ》れ狂《くる》った。

振動波の衝突が金属音を暴れさせる。

「どうなりますか？」

その中で、サヴァリスは楽しげにレヴァンティンを観察する。

レヴァンティンの周囲にはさきほどの茨が壁《かべ》を作って、振動波を防いでいる。振動波を通さない特殊《とくしゅ》な素材となっているのか、茨の向こうのレヴァンティンにいまだ変化はない。

だが、それだけでは足りない。茨は時を置かずに表層から崩《くず》れていく。

千人衝からの重包囲剄技はサヴァリスの得意とする必殺の連携《れんけい》だ。逃《に》げ場《ば》のない振動波の嵐《あらし》はしつこい再生を繰り返して主を守ろうとする茨を着実に崩壊《ほうかい》の道へと導いている。

「さあ！」

剄の疾走《しっそう》がサヴァリスの意識を興奮の極致《きょくち》へと運ぶ。

爛々《らんらん》と目を輝《かがや》かせて防御《ぼうぎょ》の茨を崩されていくレヴァンティンを観察していたサヴァリスは、だからこそ変化を見逃さない。

「残念」

瞬間で剄技を解除、身を捻《ひね》らせてその場から離《はな》れる。

レヴァンティンとは逆の方角からそれは襲《おそ》いかかってきた。

一瞬でその場に現われた茨がレヴァンティンを重包囲するサヴァリスを囲み、炸裂《さくれつ》する。

放たれた無数の棘《とげ》は、千人衝によって増えたサヴァリスを次々と貫《つらぬ》いていった。

「だが、手応《てごた》えはありですね」

千人衝を解いたサヴァリスがルイメイの前に着地する。炸裂した棘が彼の服をあちこち破り、血を滴《したた》らせていた。

「振動か？」

「ですね」

戦いの経緯《けいい》をおとなしく眺《なが》めていたルイメイが言い、サヴァリスは頷《うなず》く。

「表面はいくらでも再生可能なようですが、それでも振動波は再生速度を遅《おく》らせることができるようです」

「それだけではまだ弱い気がするがな」

「そうですね。徹底的《てっていてき》にという意味でなら熱でもなんでもいいわけですから、もう何枚か、秘密のベールがあるのでしょうけど」

サヴァリスの剄技から脱《だつ》したレヴァンティンはさきほどよりも白い汚れが目立っている。すぐ様の追撃《ついげき》をしてこないのは、他の天剣授受者《てんけんじゆじゅしゃ》を気にしてか、あるいは動きに支障を来すほどの打撃《だげき》を与《あた》えることができたのか。

「ていうか、あんたが押し切っちゃえば良かったじゃん」

ここに来て、バーメリンがそう言った。

「いえいえ、これがなかなか押し切れない。あの防御は堅《かた》いですよ」

「役立たず。クソ死ね」

「あははは……」

バーメリンの罵倒《ばとう》を笑って受け流す。

「なら、防御を徹底的に取《と》っ払《ぱら》っちまえばいいんだな？」

「とりあえずは、そういうことでしょうかね」

「ふん。そういうことだ、カナリス」

「はい？」

「小僧《こぞう》の言っていた連携って奴《やつ》だ。振動ということならお前もそうだ」

「ああ、なるほど」

いきなり話を振られたカナリスだが、それだけで通じたようだ。

「そうですね、では……」

「あ？」

「作戦立案はハイア・ライア。いえ、ハイア・ヴォルフシュテイン・ライア」

「さ〜？」

「あなたが考えなさい。言いだしたのはあなたなのですから」

「おい、カナリス！」

カナリスの言葉にルイメイが怒鳴《どな》る。

「集団での連係戦が苦手なのはわたしだって同じです。それが考えられるのならば、それが彼のここでの役目なのではありませんか？」

「……ちっ」

「いいですね。ハイア・ヴォルフシュテイン・ライア？」


二度もヴォルフシュテインを強調する。

それは、カナリスがハイアを天剣授受者《てんけんじゅじゅしゃ》として認めたということなのだろうか？

あるいは、天剣授受者《てんけんじゅじゅしゃ》らしい活躍《かつやく》をしろという脅《おど》しなのか？

どちらであれ……

「なら、おれっちに従うさ～」

ハイアはこう答える。

何人かがおもしろくないという顔をした。

だが、ハイアはそれがおもしろい。

おもしろいと考えられる内はまだ余裕《よゆう》があるということだ。

この難敵と、天剣授受者《てんけんじゅじゅしゃ》を従えて戦う。

「おもしろくなってきたさ」

ハイアはそう呟《つぶや》くのだった。

†

敵を知り己《おのれ》を知れば百戦危《あや》うからず。

出典はすでに不明となり、誰《だれ》にもその謎《なぞ》を解くことはできなくなっている。

それでもこの言葉は自律型移動都市《レギオス》のさまよう世界で生き残り、戦《いくさ》の場で、それ以外の場所で活用されてきた。

そしていま、ハイアもその言葉を呟いた。

「敵の情報も味方の情報もいまいち、最低の状態さ」

天剣《てんけん》となってそれほど時間が経《た》っていない。その間、他の天剣授受者《てんけんじゅじゅしゃ》の戦いを見る機会もなかった。

彼らの戦いを見たのはついさっきのあれが、ほぼ初めてというような状態だ。

その上、敵もまだまだ自身の秘密を全《すべ》て晒《さら》したというわけではなさそうだ。

「こんな状況《じょうきょう》でまともな作戦なんていわれても困るさ～」

(しかし、あなたはもう指示をしました)

言ったのはエルスマウだ。ハイアの耳に近い位置で念威端子《ねんいたんし》はひっそりと念威の光を零《こぼ》しつつ控《ひか》えている。

その位置感覚には懐《なつ》かしさと、言葉ではうまく言えないしっくりとした感覚がある。

「まっ、情報が揃《そろ》わないまま戦場に蹴《け》り出されるのも、いまに始まったことじゃないさ」

その感覚をどうしたものかと弄《もてあそ》びつつ、ハイアは答える。

時間はそれほどなかった。

だから、指示もかなり大雑把《おおざっぱ》だ。

だが、できることはそれぐらいだろう。

「なにしろこいつら、力がでかすぎるさ～」

こいつらとは、もちろん天剣授受者《てんけんじゅじゅしゃ》たちのことだ。

細かく見れば精緻《せいち》な技倆《ぎりょう》を用いていたとしても、力の規模が大きすぎるのだから目が粗《あら》く見えてしまう。

そういうものを寄り集めようとすれば、しかも意思の疎通《そつう》が満足にできていないとすれば、指示もそんなものになってしまう。

「ま、それでもとりあえずは……」

そんなことを言っている内に第一陣《だいいちじん》が動く。

敵は待ってはくれないし、味方も待ってはくれないのだ。

「やれやれ、さ～」

肩《かた》をすくめている間に衝突《しょうとつ》の激音が走る。

何度目かの仕切り直しはルイメイの鉄球によって開始された。

衝剄を纏《まと》った鉄球は愚直《ぐちょく》な直線を描《えが》いてレヴァンティンに迫《せま》る。

一度目のようには行かない。

激音を鉄球が放つ。だが、目標を破壊した音ではない。

その寸前で、あの茨《いばら》の防御が行く手を遮《さえぎ》り、鉄球を受け止めていた。

「しゃらくさい！」

ルイメイが雄叫《おたけ》ぶ。

受け止めた茨が変化して、鉄球を摑《つか》もうとしている。

それを阻止《そし》せんと鎖《くさり》が躍《おど》る。

剄の光を纏った鎖はその場で蛇《へび》の如《ごと》く暴れて茨を打《う》ち払《はら》い、さらにレヴァンティンを打ち据《す》えようとするが、それは他の茨が妨害《ぼうがい》する。

「ちっ」

さながら、茨による防御陣形だ。

鉄球の自由を取り戻《もど》したルイメイはそれを引き戻す。

その鉄球にすばやく飛び乗る影《かげ》があった。

バーメリンだ。

「……クソ穴を開けろ」

相変わらずの汚《きたな》い言葉を吐《は》きながら、自らの天剣《てんけん》である砲《ほう》を構える。

剄量を最大に設定された天剣《てんけん》の砲はバーメリンの剄を吸い取り、光弾《こうだん》となって放出される。

放たれた光弾はその軌道《きどう》に光を残し、光線となる。

不意を打った一射だったが、レヴァンティンは反応した。

というよりも、茨が反応した。

着弾点に茨が収束し、盾《たて》となる。

衝突、光弾は爆発《ばくはつ》と分裂《ぶんれつ》を起こし、周囲を破壊して回る。

「うざっ」

結果に顔をしかめながらバーメリンを乗せたまま、鉄球はルイメイの元に戻った。

不意打ちはそれで終わりというわけではない。

「こん、にち、は」

場違《ばちが》いな挨拶《あいさつ》がきれぎれにレヴァンティンにかけられる。

トロイアットだ。

背後へと回り込んでいたトロイアットの手には杖《つえ》、彼の天剣《てんけん》だ。

「お嬢《じょう》さんを食べに来ました」

そんなことを言い放ち、剄技《けいぎ》を弄《はし》らせる。

外力系衝剄《がいりきけいしょうけい》の化練変化《かれんへんげ》、七つ牙《きば》。

その瞬間《しゅんかん》、七つの顎《あご》を持つ大蛇《だいじゃ》がトロイアットの前に現われる。

七つの顎、そこに並ぶ無数の牙がレヴァンティンの少女の体を切り刻まんとする。

茨がそれを防ぐ。

真反対でバーメリンの光弾を防ぐ盾となり、トロイアットのいた側は隙《すき》ができていたはずなのだが、その隙は天剣《てんけん》の連携《れんけい》を凌駕《りょうが》した速度で埋《う》められた。

「おや、意外に恥《は》ずかしがりなお嬢さんだ」

別の茨がトロイアットを襲《おそ》う。七つ牙をそちらの迎撃《げいげき》に回し直し、トロイアットは後退した。

その次はクラリーベルだ。

後退したトロイアットの影から分離《ぶんり》するようにしてクラリーベルはレヴァンティンとの距離《きょり》を詰《つ》める。

「ヴァティさん！」

少女のツェルニでの名を呼ぶ。

呼ぶことで動揺《どうよう》が起きるかと思ったが、そんなことは全くなかった。

「もう！」

やはりと思いつつもそう吐き捨て、クラリーベルはもらったばかりの天剣《てんけん》に剄を流す。

胡蝶炎翅剣《こちょうえんしけん》とまったく同じ形で、使い勝手にまったく違和感《いわかん》がないことに、いまは疑問を感じる暇《ひま》もない。

剄技を放つ。

外力系衝剄《がいりきけいしょうけい》の化練変化《かれんへんげ》、焦羽蝶《こげはちょう》。

炎《ほのお》を羽とした蝶が群舞《ぐんぶ》する。

炎の蝶は瞬く間《またたくま》に増殖《ぞうしょく》し、レヴァンティンの視界を奪《うば》う。

急激な連係攻撃《れんけいこうげき》の後に訪《おとず》れた緩《ゆる》やかさに普通《ふつう》の人間であれば速度感覚をずらされるものだが、はたしてレヴァンティンはどうか？

「…………」

攻撃的な防御《ぼうぎょ》反応を見せていた茨は、周囲を覆《おお》い尽《つ》くす炎翅の蝶を薙《な》ぎ払わなかった。

「むむっ」

剄を奔らせてようやくいつもの自分に戻れたのか、クラリーベルは緊張《きんちょう》の抜《ぬ》けた顔で小さく唸《うな》った。

「それなら！」

クラリーベルが怒鳴《どな》り、蝶たちを動かす。

一斉《いっせい》に茨へと突進した蝶が次々と爆発する。

轟音《ごうおん》と真紅《しんく》が周囲を圧する。

「ふはっ！」

膨張《ぼうちょう》する真紅の勢いに、クラリーベル自身が目を瞠《みは》った。

と、背後から服を摑まれた。

「ぐえぇ」

襟《えり》で首が絞《し》まる。

「ばかもっと下がれ」

トロイアットだ。

「天剣《てんけん》だと剄の奔りが違うんだ。覚えとけ」

「は、初体験なもので」

目の前で自身の剄技が炸裂《さくれつ》する様を見たクラリーベルは引きつった笑《え》みを浮《う》かべる。

「まったく……」

「あははは」

ため息を吐《つ》くトロイアットの前でクラリーベルが座り込む。

その頭上を、影が抜けていった。

ハイアだ。

爆破の余韻《よいん》を切り裂《さ》いて崩壊《ほうかい》した壁《かべ》を伝って疾走《しっそう》する。

薄《うす》まっていく真紅を裂いて茨がハイアを追う。

「はっ！」

吐き出した呼気に笑いが混じる。興奮の笑みだ。戦闘狂《せんとうきょう》になったつもりはないが、背筋を走る威圧感《いあつかん》は笑いでもしなければ中和できない。

クラリーベルまでの連続攻撃を受けても勢いを失わない茨に追われながら、ハイアは立体的に円を描きつつレヴァンティンを目指す。

追いかける茨はその棘《とげ》を伸《の》ばして襲ってくる。

降り注ぐ刺突《しとつ》の雨をかいくぐり、レヴァンティンの前へ。

サイハーデン刀争術《とうそうじゅつ》、焔切《ほむらぎ》り。

神速の居合い。

だが、その居合いを放つよりも先に、茨がレヴァンティンの前に集結する。

受け止められることはなかったが、居合いの斬線《ざんせん》がレヴァンティンを捕《と》らえることもなかった。

「おいっ！　失敗してるぞ！」

舌打ちしながら後退するハイアに、ルイメイの怒鳴り声が追い打ちをかけてくる。

「うるさいさ。一回で成功すれば苦労はないさ～」

「なんだと！」

「文句があるなら、あんたの初撃でぶっつぶせばよかったのさ」

「ぐっ」

「そういうわけで、次々いくさ」

「どれぐらい？」

バーメリンが聞いてきた。

「成功するまで、何度でも」

「ウザ」

吐き捨てるバーメリンの言葉を合図に変える。

「おらぁぁぁ!!」

ルイメイが雄叫《おたけ》びを上げ、鉄球がレヴァンティンに向かっていった。

ルイメイ、バーメリン、トロイアット、そしてクラリーベルにハイア。五人の天剣授受《てんけんじゆじゆ》者《しゃ》による連係攻撃が繰《く》り返《かえ》される。

ルイメイ、バーメリン、トロイアットの順はほとんど変わらない。その代わり、クラリーベルとハイアは三人の順番の間に割り込み、連携の固定化を防ぐ。

クラリーベルも二巡《じゅん》目ぐらいまではトロイアットに援護《えんご》されていたが、三巡目になると完璧《かんぺき》に自分の役目をこなしていた。

彼女を見て、他の天剣授受者《てんけんじゆじゆしゃ》よりも自分寄りだと見抜《みぬ》いたのは間違いではなかったと、ハイアは自分の判断に満足した。

他の三人も連携をこなしていると言えばそう見えなくもない。

だが実際のところは反射神経に従っているだけだ。

こうしておけば次の行動に繋《つな》げやすくなるか、ということは考えていない。

むしろ、ここからどうするよ？　的な挑発《ちょうはつ》行動になりやすい。それを受けて、次の者が負けん気を発揮してより激しい攻撃に移ろうとする。

一見そういうものとは無縁《むえん》そうなトロイアットにさえもそういう傾向《けいこう》があるのだから、

天剣授受者《てんけんじゆじゆしゃ》というのはとことん負けん気の強い一匹狼《いっぴきおおかみ》気質《かたぎ》の連中だということなのだろう。

そういうものを、ハイアとクラリーベルが三人の順番に割り込むことで中和していく。

「ウザ」

「うるさい、空気を読めさ〜」

バーメリンの罵倒《ばとう》に罵倒を返す。ハイアだって余裕《よゆう》があるわけではない。

ハイアの目論見《もくろみ》はレヴァンティンの防御を崩《くず》すことにあるが、その過程でこちら側の破壊力を無制限にあげたいわけではない。

「使う場はこちらで指示するって言ったさ〜」

「さっさとしろ」

「勝手を言うさ〜」

バーメリンの言いように呆《あき》れつつ、もう何巡目かもわからない連係行動を続けていく。

レヴァンティンの茨《いばら》が削《けず》れている様子はない。

むしろこれは削れないものなのではないか？　そういう疑念が湧《わ》く。

そして、ならばそういうものなのだろうと割り切ることにする。

いいや、最初から割り切って作戦を立てている。

「だけど……さ〜」

三人の行動にクラリーベルと二人で割り込み、無作為《むさくい》を装《よそお》ってみたが、それでも行動順に法則性が生まれてしまう。

茨の防御行動はこちらの連携の無作為性を考慮《こうりょ》しつつも、法則性を読み切った行動になりつつある。

最初に緩急《かんきゅう》の変化には対応してみせていた。

だが、自らが読み切ったと判断した法則性を破られたときには、どうなるか？


ジャギャン！


ハイアの刀が床《ゆか》を切る。

それが合図だった。

順番としてはトロイアットに回る流れだった。

いや、トロイアットは動く。すでに発動一歩手前だった剄技が形を得ようと変化を始めている。

その間に他の者たちが次なる剄技のための剄を奔らせ、練り、高める。

それがいままでの流れだ。

だが、違《ちが》う。

「らあああああぁっっっっっ‼」

ルイメイが吠《ほ》える。

勁の大炎に包まれた鉄球がレヴァンティンに突《つ》っ込んでいく。

同じようにバーメリンの砲《ほう》が極大の光弾《こうだん》を放つ。

「紅蓮波濤《ぐれんはとう》！」

クラリーベルも自身の最大の勁技を放つ。王宮のあちこちに伏《ふ》せておいた勁に火が付き、轟炎《ごうえん》の波がレヴァンティンに向かう。

ハイアも、奔《はし》らせた勁を刀に込《こ》め、解き放った。

サイハーデン刀争術《とうそうじゅつ》、逆螺子《さかねじ》・長尺。

点と回転の力を収束させた刺突技《わざ》を放つ。

そして、トロイアットも勁技を放つ。

外力系衝勁《がいりきけいしょうけい》の化練変化《かれんへんげ》、暗黒天魔《てんま》。

それは、トロイアットがこの戦いの最中ひっそりと仕込み続けていた伏勁《ふくけい》が発現するときでもある。

茨の囲いを抜き、レヴァンティンの正面に突如《とつじょ》として黒い球体が発生する。

それは本来、攻撃用に使われる剄技ではない。

相手の剄技を吸収し、跳《は》ね返す。そんな特性を持つ特殊《とくしゅ》な剄技だ。

その剄技が、トロイアットによって最大剄量で、レヴァンティンの前で発現する。

剄技に対して特殊な引力を発揮するこの剄技は、四人の天剣授受者《てんけんじゅじゅしゃ》が放った剄技にさえもその力を発揮する。

発揮して、引き寄せる。

一点に力を収束させる。

四つの剄技が合わさりレヴァンティンへと死の矢となって疾走する。

それに対して、茨の動きはやや鈍《のろ》い。定型化した連携《れんけい》に対応することになれたため、やや反応に遅滞《ちたい》が生じた。

それは時間としてはほんのわずかだが、そのほんのわずかでことが決するのが、天剣授《てんけんじゅ》受者《じゅしゃ》との戦いだ。

茨の防御《ぼうぎょ》が間に合わなかったわけではない。

だが、万全の状態でもなかった。

収束された剄技が茨の不完全な盾《たて》と衝突《しょうとつ》して爆発《ばくはつ》する。

爆発は盾を砕《くだ》き、守られていたレヴァンティンを破壊の嵐《あらし》で嬲《なぶ》る。

その爆発が消えるよりも先に、さらに動く影《かげ》が二つ。

サヴァリスとカナリスだ。

「これは見事です」

爆発の中に飛び込むサヴァリスがそう呟《つぶや》く。

この作戦に対してだ。

瞬間《しゅんかん》的な連係であれば、もちろん天剣授受者《てんけんじゅじゅしゃ》たちにできないわけがない。だが、ハイアの読みどおりにお互《たが》いを挑発するかのような行動を取るだろうし、その先に目的を持ってとなれば、話が変わってくる。

ハイアが天剣授受者《てんけんじゅじゅしゃ》として一点、優《すぐ》れている部分があるとするならば、まさしくこの集団戦での作戦立案能力なのかもしれない。

クラリーベルもまた、同様か。

「ともあれ、この機を最大限利用させていただかなくては」

背後ではすでにカナリスがいまにも剄技《けいぎ》を放とうとしている。サヴァリスは身を焼く爆発の奥へとさらに踏《ふ》み込み、剄技を放った。

外力系衝剄《がいりきけいしょうけい》の変化、咆剄殺《ほうけいさつ》・仙人掌《せんにんしょう》。

この瞬間、すでにサヴァリスは千人衝の状態にある。

だが、サヴァリスは一人。

いや、その動きにほんのわずか、不可解な残像現象が起きている。

そう。

千人のサヴァリスは、全《すべ》て同じ場所に存在しているのだ。

全てのサヴァリスが同位置から剄技を放つ。重包囲陣《じん》とはまた違う超《ちょう》収束陣。

そこから放たれるのは振動波《しんどうは》の槍《やり》だ。

そして、カナリス。

ハイアたちが連携し、隙《すき》を作っている間、彼女はサヴァリスとともに剄を練り続けていた。

サヴァリスの仙人掌はそれほどの時間を要する剄技だ。

破壊力は高いがその準備時間のために実戦には向いていないという判断をされた剄技。

カナリスが行おうとしているのも、そういう剄技だ。

「……では」

サヴァリスが仙人掌を放ったその瞬間、カナリスも剄技を発動する。

外力系衝剄《がいりきけいしょうけい》の変化、舞曲《ぶきょく》・神楽巫女《かぐらみこ》。

カナリスの細剣が音を切り、並《なら》べ替《か》える。音撃と呼ばれる彼女の戦法はサヴァリスよりも振動攻撃《こうげき》に長《た》けている。

そのカナリスが超高剄力によって放った音撃剄技はサヴァリスの仙人掌に添《そ》うようにして発生した。

音としては、それは静かだ。

だが、効果としては激烈《げきれつ》だ。

サヴァリスの手から放たれた仙人掌による超収束の振動波が、その収束を引きちぎるかの如《ごと》く太く激しくなり、レヴァンティンを呑《の》み込む。

舞曲・神楽巫女。

それは、天剣授受者《てんけんじゅじゅしゃ》が使うにしては珍《めずら》しい、剄技の増幅《ぞうふく》技だ。

通常の武芸者であれば連係の上で仲間の剄技を増幅させるのだが、これは違う。

カナリスによって手を加えられたこの剄技は音撃の増幅に特化している。

それをサヴァリスの振動波を増幅させるように咄嗟《とっさ》に手を加えたのが、いま、目の前で起きていることの正体だ。

振動波による破壊は通常の爆発とは異なる音を連ならせる。物質の構成粒子《りゅうし》が高速で衝突し合う音は鈴《すず》の音をより細かくしたようであり、鉄を軋《きし》ませたようでもある。

「うひぃ」

あまりの音の激しさにクラリーベルが耳を押さえて後退する。

退避《たいひ》しているのは彼女だけではない。ハイアも、サヴァリスを除いた他の天剣授受者《てんけんじゅじゅしゃ》たちも距離《きょり》を空けている。

うるさいというだけではない。

レヴァンティンを貫《つらぬ》いた振動波はその背後にあるものをも破壊していく。

そのことをきっかけに、すでにいままでの戦いで傷《いた》んでいた王宮の崩壊《ほうかい》が始まろうとしていた。

天剣授受者《てんけんじゅじゅしゃ》が多少暴れても大丈夫《だいじょうぶ》なように作られていた王宮だが、多少では済まないこの事態の前ではよく保《も》っていたと評価されてもおかしくないだろう。

しかしいま、崩壊が始まった。

天井《てんじょう》が割れ、次々と砕けた建材が落下してくる。

それを避《さ》けて、天剣授受者《てんけんじゅじゅしゃ》たちは後退した。

レヴァンティンは……？

サヴァリスの剄技はまだ続いている。落ちてくる建材は全て剄技の余波で粉砕《ふんさい》され、その周囲を粉塵で覆《おお》うことになる。

それがまた、次の事態に導く。

突如として周囲に火が舞《ま》った。

粉塵《ふんじん》爆発だ。

戦いの余波であちこちについていた火が密集した粉塵に引火し、爆発が起きる。

「ちぃ……」

爆発が続いている。炎《ほのお》は絶えることなく膨《ふく》らみ続け、きりがない。

発生した火や爆発そのものはそれほど脅威《きょうい》ではない。

だが、荒《あ》れ狂《くる》う炎が視界を潰《つぶ》して中がどうなっているのかが見えない。

「おい、どうなっているさ〜？」

火の届かない位置まで移動して、ハイアは念威端子《ねんいたんし》に問いかけた。

（はっきりとはしません）

「なにさ？」

（爆発が念威を乱しているということもありますが、それ以前に王宮周辺での念威の効きが悪くなっているのです）

「ふん？　いつからさ？」

（効きが悪くなったのは敵の侵入《しんにゅう》前後からですが、戦闘《せんとう》に入ってからは徐々《じょじょ》にひどくなっ

ています。このままでは通信が難しくなるのも時間の問題です）

「……こいつと関係あると思うかさ？」

（それは確実でしょう）

「むう」

エルスマウの言葉にハイアは唸《うな》る。

爆発はいまなお続いている。粉塵爆発だということにはもう気付いている。

炎が消えないということは、爆発の源である粉塵が絶えていないということだ。

剄技の圧力が消えないということは、サヴァリスはいまなお剄技を放ち続けているということだ。

その凄《すさ》まじい剄量にハイアは驚《おどろ》かされるが、しかし問題はそれだけではない。

粉塵爆発が続き、剄技も続いているとなれば、爆発の中心でサヴァリスがいまだ戦っているということだ。

「仕留め損《そこ》ねたか、さ〜」

そう考えれば、熱が荒れ狂っているというのにこめかみに冷たいものも感じることができる。

「おい、放せ！」

「なにをする気ですか⁉」

ルイメイとカナリスの声にそちらを見る。

「決まっている。とどめを刺《さ》す」

「それはもうサヴァリスがやっています」

「信用できんからやると言っている！」

どうやらルイメイが追い打ちをかけようとしているのをカナリスが止めたということのようだ。

追い打ち……できるものならハイアだってやっている。

だが……

「サヴァリスがいるのですよ？」

「ふん！　仕留められなかった奴《やつ》が悪い」

そうと言い切れるのは、いかに個人主義が強い天剣授受者《てんけんじゆじゆしや》でもルイメイだけなのか、それに賛同する様子も、勝手に動く様子も、他の天剣授受者《てんけんじゆじゆしや》にはなかった。

爆発の中心に剄の圧力はまだある。

「どけい！」

「いけません！」

ルイメイとカナリスが揉《も》めている間、他の天剣授受者《てんけんじゅじゅしゃ》たちは動かない。クラリーベルは戸惑《とまど》っている様子だが、では他の二人は？

「…………」

「…………」

トロイアットもバーメリンも、そちらのやりとりには目もくれず燃《も》え盛《さか》る炎の中心を睨《にら》み付けている。

ルイメイのような決断はできていないが、油断ができる状況《じょうきょう》ではないことも理解している様子だ。

だが結局、ルイメイの鉄球が爆発《ばくはつ》の中心に投じられることはなかった。

カナリスがルイメイを説得したわけではない。

唐突《とうとつ》に、剄技の圧力が消えた。

それだけなら、この瞬間に動いたことだろう。ルイメイだけではない、ハイアもそのつもりだった。おそらくは他の四人もそのつもりだっただろう。

剄技の圧力が消えてなおレヴァンティンが生きていれば、ハイアたちが悩《なや》む必要はないからだ。

だが、その暇《ひま》がなかった。

剄技の圧力が消えたのと、それは同時だった。

粉塵爆発が止《や》む。

絶えることなく踊《おど》り狂っていた炎が消え去る。

同時に額を貫く危機感が迫《せま》っていた。

「ぬわっ！」

残った煙《けむり》を貫いて現われたのは、茨《いばら》だ。

しかし、大きさが違う。

いま、ハイアの真横を過ぎていったそれは、樹木ほどの大きさがあった。

「なんっ⁉」

驚きの声を上げながらも、冷静な部分が観察を続けている。他の天剣授受者《てんけんじゅじゅしゃ》たちにも同じような茨が襲《おそ》いかかっている。

茨の根元で不吉《ふきつ》な音が聞こえてきている。

と、誰《だれ》も狙《ねら》っていない茨が一振《ひとふ》り、現われた。

いや、いた。

「サヴァリス！」

叫《さけ》んだのはカナリスだ。

茨の先にいたサヴァリスは放《ほう》り投げられるようにして茨から離《はな》れるとハイアのすぐ近くまで転がってきた。

「なにがどうなってるさ〜？」

大丈夫か？　なんて聞いている暇はない。

「いや、参りましたよ」

そう答えたサヴァリスも無事ではない。ただ、火傷《やけど》の様子がないところから粉塵爆発で負傷をしたのではないようだ。

「僕たちは、相手の器《うつわ》をそうとう小さく見積もっていたようですよ」

「器？」

サヴァリスの言っていることがわからない。

しかしそれも、すぐにわかることになる。

不吉な音は大きくなっていく。

そういえば、王宮の崩落が収まっている。粉塵爆発の煙がそこかしこを埋《う》め尽《つ》くしていて状況がよくわからないが、王宮そのものが完全に崩壊したということはまだないはずだ。

この静けさも、嫌《いや》な予感を助長する。

「きますよ」

サヴァリスが言う。
煙の中から浮《う》き上がるようにしてそれは現われた。
レヴァンティン。
その姿がやや変化している。服装が外で戦っているそれと同じものになっている。
だが、それだけなら驚くに値《あたい》しない。
煙が晴れていく。
いや、晴れる理由がない。
ならば、この煙は吸われたのだと、このすぐ後に理解することになる。
「んなっ！」
よく考えれば見慣れた大きさだ。
だが、誰も気付かないまま、それはそこにいた。
レヴァンティンの足下《あしもと》にそれはいた。
無数の茨が寄り集まった、ナニか、だ。
問題なのは、その巨大《きょだい》さだ。
さっき、ハイアを襲った茨だけでも、その直径は彼の身長分はあった。
一本一本にそれだけの太さがあり、長さもかなりのものだ。

寄り集まったそれは、雄性体《ゆうせいたい》ほどの大きさはあるか。

そんなものを、いつのまに作った？

ハイアたちの作戦が成功し、サヴァリスの振動波《しんどうは》が発動してからか？

壊《こわ》されながら、しかしその破壊《はかい》速度を凌駕《りょうが》する再生速度を見せつけた上でこんなものまで用意したというのか？

「こいつは、とんでもない化け物さ」

ハイアが呟《つぶや》くまでの間に煙がさらに晴れていく。

きれいになくなっていく。

そうなればレヴァンティンと茨の化け物の様相もはっきりとしてくる。

さらに、その周囲の状況も……

「こいつは……」

呟いたのはトロイアットだ。

見えてくるのは壊れ果てた王宮の光景だが、その壊れ方が普通《ふつう》ではない。

破壊の規模のことではない。

破壊の質の話だ。

戦いの余波で破壊されているのではないことは、はっきりとしている。

いや、戦いの余波で破壊されもしただろう。

だが、その上で崩《くず》されている。砂のように。

振動波が原因かと考えたが、それだけではないのは、それらがもっと広範囲《こうはんい》にわたって
いることからはっきりとしている。

サヴァリスの放った剄技《けいぎ》は超《ちょう》収束された振動波だったのだ。レヴァンティンの周囲にそ
れがあったとしても、ハイアたちの背後にまで影響《えいきょう》が及《およ》んでいるはずがない。

ハイアだけではない。天剣授受者《てんけんじゅじゅしゃ》たちの目がもう一つの事実を見抜《みぬ》く。

「……もしかして、ここ食べちゃった？」

言ったのはクラリーベルだ。

「かもな」

トロイアットが同意する。

「あいつの周りの抉《えぐ》れ方、なんか作為《さくい》的だわ。サヴァカナの連係《れんけい》だけでああはならんだ
ろ」

「その呼ばれ方は非常に不本意ですが、その通りですよ」

サヴァリスが首の傷を撫《な》でながら頷《うなず》く。

「まさしく、破壊する端《はし》から再生されていきましたよ。その上あんなものまで作られて、

なかなか肝《きも》の冷える光景でしたね」

口ほどに怖《こわ》がってはいない。むしろ楽しそうにサヴァリスは口の端《は》に深い皺《しわ》を作った。

「さて、それで……この後はどう作戦を組むのです？」

「ちょっと待つさ〜」

サヴァリスの声は弾《はず》んでいる。

それとは対照的に、ハイアの口は重かった。

脅威《きょうい》という言葉さえも凌駕しそうな再生力だけでなく、周囲の物質を利用して新たなものを作り出す創造力まであるとは。

いや、最初からレヴァンティンの再生力とは創造力だったのか。

どちらであれ、問題なのはこちらの破壊力を凌駕しているという部分だ。あの創造力がどこまであるのか、弱点は存在するのか？

普通の生物のような急所は存在するのか？

汚染獣《おせんじゅう》のときにもこんなことで頭を悩ませる。だが、今回は質が違《ちが》いすぎる。

悩みに悩み、そしてハイアが解決策を見出《みいだ》すよりも先に……

「いえ、これでおしまいです」

レヴァンティンが口を開いた。

「あなたたちではわたしを止められないことは実証されました。これ以上、あなた方と戦《せん》闘《とう》を続けることはお互《たが》いに不利益です」

この状況でなにを言っているのか？

前半は自身の勝利宣言と受け取ることもできる。

なら、後半は？

「ただちに戦闘態勢を解いてこの場から去りなさい。これは警告です」

お互いに不利益？

警告？

「こいつは、参ったさ～」

ハイアは頭を掻《か》いた。

まだ天剣授受者《てんけんじゆじゆしや》になって日は浅い。

そんなハイアでも、そんなことを言われた天剣授受者《てんけんじゆじゆしや》がどうなるかは、想像がつく。

「と、言うよりも……」

ハイア自身、天剣授受者《てんけんじゆじゆしや》になったのは亡《な》き師のためという面が強い。嫉妬《しっと》から端《たん》を発し、ただの欲求でもある。

天剣授受者《てんけんじゆじゆしや》になるという目標の先はなにもない。

だから戦う理由がない、という結論にならないでもない。

「もとより傭兵《ようへい》さ。分の悪い戦いなんて性《しょう》に合わないさ〜」

だが……

「……いまのは、ちょっとむかっ腹が立つ、さ〜」

世界の命運がどうとか言われてもいまいちしっくりとは来ていない。カリアンとの旅を経て、こんな戦いをしていてもそれは変わらない。

だからこれは、プライドの問題だ。

武芸者としての矜持《きょうじ》の問題だ。

「だから、逃《に》げないさ〜」

静かに、そう呟く。怒《いか》りにまかせて喚《わめ》くのは性に合わない。

「ふざけるなよ、貴様っ！」

ルイメイが怒鳴《どな》っている。

そう、こういうのは性に合う者がそうすればいい。

ハイアは前に出る。

逃げる者がいないかどうか、そんなことを確認《かくにん》する必要はない。逃げるのなら逃げれば良い。

そして、誰《だれ》も逃げはしない。

「……時間の無駄《むだ》です」

ハイアたちの態度をどう受け止めたのか、レヴァンティンの表情は鉄の如《ごと》く動かない。

「ならば強行するのみです」

「待て！」

カナリスが叫《さけ》ぶ。

しかし、レヴァンティンはそれを無視する。

起こる音は静かだった。

静かに、降下を開始する。

「おい、どうなってるさ!?」

問いかけた相手はエルスマウだ。

あんな巨大なものが降下できるような隙間《すきま》がいつの間にできていたのか。

(だめです、地下には念威《ねんい》が通りません)

聞こえてくるエルスマウの声がざらついて聞こえる。

「な〜？」

(目標の周辺では念威が乱されます。情報の収集は不可能)

「わかったさ」

エルスマウとの会話を終える。

すでにハイアを除く天剣授受者《てんけんじゅじゅしゃ》たちが降下の妨害《ぼうがい》を始めている。

理屈《りくつ》はなんとなくわかる。あの茨《いばら》の化け物を作った材料が王宮の建材で、それを採取する際に地下に向けて崩していったというだけの話だろう。

だが、こうもあっさりと抜《ぬ》かれては驚《おどろ》きもする。

茨の化け物は天剣授受者《てんけんじゅじゅしゃ》たちの妨害をものともせず降下を続けている。

ただ、その速度が緩慢《かんまん》なのは、目的地までの道をまだ広げきっていないからだろう。

「まずは止める方法を考えないと、さ〜」

そう呟いた。

誰もがそう考えたのだろう。

凄《すさ》まじい剄圧がレヴァンティンを追いかけようとしたハイアの体を持ち上げた。

「なにさ?」

転《こ》けそうになったのを堪《こら》え、ハイアは目をこらして状況《じょうきょう》を見守る。

振動が足下を揺《ゆ》らす。レヴァンティンの降下が止まった。

「んん?」

茨の化け物の下方に光が見え隠《みかく》れしている。

「線？」

そのように見える。

線は縦に横にと等間隔《とうかんかく》に引かれ、網の目《あみめ》状となって茨の化け物を受け止めているようだった。

「こいつは……」

ハイアの頭に浮《う》かんでくる人物が一人いる。

「こんなことができるのは、一人だけですね」

隣《となり》にまで後退してきたサヴァリスがそう言った。

本人を探す。

いた。

ハイアから少し離《はな》れた場所にその影《かげ》は立っていた。

息を呑《の》む。

そこに立っていた人物は予想通りであり、予想通りではなかった。

「なにをしていましたか!?」

怒鳴ったのはカナリスだ。

「外の連中を片付けていた」

怒鳴られた人物、レヴァンティンの降下を止めただろう張本人、リンテンスは仏頂面《ぶっちょうづら》のまま答えた。

「それは他の者に任せていたでしょう！」

「これからやることを考えれば邪魔《じゃま》にしかならん」

なんともはっきりとした言い方にハイアは啞然《あぜん》とした。

「彼らを邪魔と感じますか、優《やさ》しい方ですね」

ハイアの隣でサヴァリスがそんなことを言う。

「巻き込まれて死ぬ者を弱いで片付けられないのは、そういうことでしょう？」

驚くハイアにそう言った。

「なるほど、さ〜」

そういう考え方はわかる。

だが、わからないことがもう一つある。

「……それで」

言ったのは、ルイメイだ。

「どうしてそいつがそこにいる？」

そう、そのことだ。ハイアは視線を戻《もど》した。

サヴァリスの隣にいる、予想外の人物に目を向けた。

「知らん、そこで会っただけだ」

リンテンスはそっけない。

どうしてそいつがそこにいる？　ハイアだってそう聞きたい。

『そいつ』と言われている張本人は、険しい表情で下を眺《なが》めている。

レヴァンティンの様子を確認しているのだ。

「おいっ！」

苛立《いらだ》たしげにルイメイが怒鳴った。

「いるからここにいるんです。当たり前のことを聞かないでください」

普段《ふだん》ならば純朴《じゅんぼく》という言葉が似合いそうな容姿だが、鋭《するど》い目つきに放った言葉のせいで小憎《こにく》らしさがとんでもないことになっている。

「おまえっ！」

案の定、ルイメイが声を荒《あら》げた。

「本気も出せない武芸者なんて邪魔なだけですけど？」

そう言ったのはサヴァリスだ。

ハイアはそいつの手元を見た。持っている武器は学園都市で見たときと同じだ。

それはそうだ。

かつてあいつが持っていたはずの武器は、いまハイアが握《にぎ》っている。

そう。

あいつはもう天剣授受者《てんけんじゅじゅしゃ》ではない。

実力の発揮に不自由する、ただの武芸者だ。

だが、あいつは動じない。

「邪魔になったら見捨てればいいでしょう？　……いつからそんな優しい人になったんですか？」

「はっ……はははははははは！　それはそうだ、確かに」

あいつの返答に、サヴァリスが大声で笑った。

「そういうことですよ、みなさん。参加したいという者を無下にする理由もないと思いますが？」

サヴァリスの態度がやや芝居《しばい》がかっていると感じたのは、ハイアだけだろうか？

……どうあれ、あいつの存在をここにいる連中が受け入れたことは事実だ。

「まったく……さ〜」

なにやらおもしろくない。

この場に、レイフォン・アルセイフがいることが、ハイアはまったくおもしろくなかった。

## 02　燃える都市

時間がやや戻り、ハルペー内部。

グレンダンまでの時間は思った以上に短かった。

それだけ、空を行くハルペーの速度が凄まじかったということなのだろうが、レイフォンたちは音もなく静かに流れていく光景を黙《だま》って見ているだけだった。

そして、到着《とうちゃく》する。

（戦闘《せんとう》が都市内部で続いている以上、盟約により我が戦闘に参加することはできぬ）

どこからともなく響《ひび》くハルペーの声を聞きながら、眼下のグレンダンの光景を見た。

俯瞰《ふかん》するグレンダンは、エアフィルターでぼやけている。

ぼやけているのはエアフィルターの周辺で煙《けむり》がとどまっているからだ。

街灯ではない不定形の光が無数に見える。

都市の中央、王宮で戦いが起きているのだ。

「盟約とは？」

聞いたのはフェリだ。

（かつて自律型移動都市《レギオス》の基礎《きそ》を作ったアルケミストとの盟約だ。自律型移動都市《レギオス》内部での戦闘には、いかなる理由があっても我は味方せぬ。それは、長く人と交わらなかった我を、人間が敵と判断する可能性があるからだ）

たしかに、ハルペーの外見は汚染獣《おせんじゅう》のそれとなにも違《ちが》わない。

そもそも、ハルペーは自らの領域で汚染獣《おせんじゅう》を従えていたのだから、結局は同類ということにもなる。

（初期の闘争によって拡散したナノセルロイドとクラウドセルの分体たちが汚染獣《おせんじゅう》の基本だ。人が我を区別できないという理由は正当なものだ）

「……たしかに、いきなりあなたが降下して来ようものなら大混乱は確実でしょうね」

フェリの声に冷めた雰囲気《ふんいき》があると感じたのは気のせいだろうか？

いや、気のせいではない。

彼女はきっとこう言いたいのだ。

役立たずめと。

「…………あはは」

小さく笑うと彼女が反応してこちらを見る。レイフォンは錬金鋼《ダイト》の点検をする振《ふ》りをしてフェリの視線から逃《のが》れた。

「……それで、あなたはどうするのですか？」

（グレンダンが崩壊《ほうかい》した後、我はレヴァンティンと雌雄《しゆう》を決することになるだろう）

「それは……負けると言いたいのですか？」

さすがにその言葉は聞き流せなかった。

（人類の生み出した戦士よ。たしかにお前たちは強力だが、それでも確実な勝利は約束できない。ならば我は盟約を守りつつ自らの責務をまっとうすることを考える）

「………」

（レヴァンティンで終わりという保証もないのだ）

「それはどういう……？」

（さあ、すでに戦いは始まっている。行くがいい）

詳《くわ》しく聞いている暇《ひま》はなかった。

なぜなら、ハルペーはかなり強引《ごういん》に会話を終わらせたから。

レイフォンたちの足下《あしもと》をなくすというやり方で。

（この距離《きより》はすでに盟約の違反《いはん》に該当《がいとう》しかねない距離だ）

最後に聞こえたのはそれだけだ。レイフォンはすぐ近くにいたフェリを抱《かか》えると彼女の口と鼻を押さえた。

ここで息をしては危険なことになる。

汚染物質の空域はすぐに終わる。エアフィルターを突《つ》き抜《ぬ》ける独特の感触《かんしょく》の後、煙《けむ》った空気に囲まれ、さらにそれも終わる。

「ぐっはっ！」

息ができる場所に来てレイフォンは口を開けた。フェリの口元を押さえていた手も退《ど》ける。

「くはっ！」

彼女もちゃんと息を止めていられたようだ。

安堵《あんど》し、地上を見る。

風を受けて王宮近くに落下できた。

「大丈夫《だいじょうぶ》ですか？」

「え、ええ」

「よかった」

着地したところで念威《ねんい》端子《たんし》が近づいてきた。

（あなたたち、どうやって？）

声に聞き覚えがあるような気がする。

「あなたは……」

フェリの様子を見て、前回の戦いでデルボネの後を継《つ》いだ人だと思い出した。

「ええと、エルスマウさん、でしたっけ？」

（ええ。それよりもあなたたちどうやってここに来たのですか？）

エルスマウの声は戸惑《とまど》っている。

上空にいたハルペーには気付かなかったのだろうか？

「そんなことより、状況《じようきよう》はどうなっているのですか？」

フェリが強引に話を進めた。

（状況は悪いです。あなたたちも退避《たいひ》を）

「逃《に》げるために来たわけではありません」

フェリが決然と言ってのけた。

「戦うために来たのです。前回と同じ協力態勢を望みます」

（それは……）

「かまわんだろう」

いきなり、会話に別の声が入り込んだ。

「リンテンスさん」

ふらりとした様子で物陰《ものかげ》からリンテンスが現われた。どこかから歩いている途中《とちゅう》だったのか。

「こちらは終わった。ようやく本番だ」

それはおそらく独白だ。

ぼそりとした呟《つぶや》きだったが、レイフォンはリンテンスが楽しそうだと感じた。

「さて、この娘《むすめ》が戦いたいと言うのならそうしてやれば良いだろう。実力は前回で証明されている」

（それは、そうですが……）

戸惑っているエルスマウをリンテンスは気にしていないようだった。

その目がレイフォンを見る。

「それで、お前はどうだ？」

そう問いかけてくる。

「女の尻《しり》を追いかけてきただけか？　なにしに来た？」

「……戦いに来ました」

リンテンスの鋭《するど》い目つきに貫《つらぬ》かれながら、レイフォンは答えた。

「戦う理由が僕にはあります」

「……ふん。戦いに己《おのれ》が武芸者だという以外の理由などいらん」

そう言って、リンテンスはレイフォンの前を過ぎていく。

「だから、戦いたいのであれば止める理由はない」

「はい！」

リンテンスの言葉に、レイフォンは大きな声で答えた。

なんだか、リンテンスと知り合ったばかりの頃《ころ》を思い出したような気がした。

そして、戦場に辿《たど》り着《つ》く。

「そっちはどうですか？」

（準備は整いました。ですがやはり、念威の状態が良くありません）

「……敵の正体がわかってないのが痛いですね」

（できる限りの情報は収集します）

「はい」

敵の正体……

フェリにそう答えながら、レイフォンは相手を見つめていた。

相手もレイフォンを見つめていた。

一振《ひとふ》り一振りが大樹のような太さを持つ茨《いばら》を寄り集めたような化け物に乗って、その女性は立っている。

ヴァティ・レン。

いや、レヴァンティン。

レイフォンの知っている彼女とは姿が違う。

だが、廃都《はいと》で出会った存在とはよく似ている。

だから、彼女はもう、レヴァンティンなのだ。

おそらくは、そういうことなのだ。

「……わけがわからない」

ヴァティのことを考えようとしても実際のところ、彼女のことはよくわからなかった。

彼女は少し行動が変だけれど、勉強熱心な知りたがりだと思っていた。

だけど、同じぐらいに、彼女は自分のことを知られたくないと思っているような気がしていた。

そのことが、いま目の前のことに繋《つな》がるのか？

どうやったら繋がるのか？

頭の中でそれがうまく繋がらなくてレイフォンは混乱する。

「だけど……」

混乱している暇はない。

戦いはすでに始まっていて、犠牲者《ぎせいしゃ》も出ている。

それを許すことはできない。

そしてなにより……

「フェリ……」

（リーリンさんの居場所でしたらエルスマウさんに聞いて判明しています。地下です）

「地下？」

そういえば、地下区画には誰《だれ》も中を知らない立ち入り禁止の場所があると聞いたことがある。

「なら……」

（そこにおそらく、『サヤ』という人物もいるのでしょう）

この戦いの鍵《かぎ》を握《にぎ》っているという人物がそこにいる。

「どちらに会うにしても、あれが邪魔《じゃま》をしているということですね」

そして、レヴァンティンを倒すことがそのままこの戦いを終わらせることに繋がっている。

そのはずだ。

(怖《お》じ気《け》づきましたか？)

「まさか」

容赦《ようしゃ》のないフェリの言葉に苦笑《くしょう》が出てくる。

「ここまで来てそんなことになるぐらいなら、あんなしんどいことはしませんよ」

天剣《てんけん》がなくても戦えるように新しい剄《けい》の練り方を研究したり、ニーナの大祖父だという人と戦ったり、ここに来る前に廃都に向かい、ヴァティのそっくりさんと戦ったり。

「全部、ここに来るためにそうしてきたんですよ」

(そうですね)

「ここで挫《くじ》けたら、付き合わせたフェリに申しわけないです」

(そういうことは考えなくてもいいんです)

「え？」

(付いていくと決めたのはわたしなんですから、そういうことは考えなくてもいいと言っているでしょう)

「そうでした、すいません」

(んん……)

「あ……ありがとうございます」

（よろしい）

「はは……」

フェリと話しているが、目はレヴァンティンから離《はな》れていない。

茨の化け物の降下は止まっている。リンテンスの鋼糸《こうし》が行き先を防ぎ、さらにその巨大《きょだい》さのために動きを縛《しば》られているようだ。

ゆらめく茨の先端《せんたん》が降下を強行するか、それとも一度上がるかと迷っているかのように見えた。

そこに立つレヴァンティンの目が、レイフォンを見ていた。

『なぜここにいる？』

そう問いかけてきている気がする。

口が動いたわけではない。表情が動いたわけではない。

廃都にいたはずなのに、すでにここにいるという物理的な理由を聞きたいわけでもないだろう。

いや、レヴァンティンがそんなことを知りたいとは思えない。

ならばこれは……

で飾《かざ》る。

鋉金鋼《ダイト》を復元する。簡易型複合鋉金鋼《シム・アダマンダイト》。夜空を模した色の刀がレイフォンの跳躍《ちょうやく》を残像
「行きます」

叫《さけ》んだのはルイメイだ。

「おい待てっ！」

だが、いまさら止まれるものではない。

鋉金鋼《ダイト》の刀をひっさげ、レヴァンティンに頭から突《つ》っ込《こ》んでいく。

茨がレイフォンを迎《むか》え撃《う》とうと左右から振られる。巨体《きょたい》でありながら武芸者の速度に合わせようというのだ。その質量から生まれる破壊《はかい》力は並大抵《なみたいてい》のものではない。

それらをギリギリの距離《きょり》でかわす。全身を包む剄が吹《ふ》き荒《あ》れる衝撃波《しょうげきは》を受け流して火花を散らす。

進行方向に立ちふさがった一本が視界も塞《ふさ》ぐ。

逃げ場はない。相手の目的はこちらの勢いを止めることだ。

目論見《もくろみ》どおりになる理由はない。

宙返りをして足から着地……したと同時にレイフォンは瞬速の世界に突入《とつにゅう》する。

内力系活剄《ないりきけいかっけい》の変化、水鏡渡《みかがみわた》り。

行く手を塞いだ茨を走り抜《ぬ》け、レヴァンティンの前に立つ。

彼女の目はレイフォンを見ていた。

速度に追いつかれている。

そうだったとしても、ここで止まるわけにはいかない。

サイハーデン刀争術《とうそうじゅつ》、焔切《ほむらぎ》り。

炎《ほのお》を引き連れた斬線《ざんせん》は、しかし描《えが》ききることはなかった。

「ぐっ」

目的通りの動きができず、衝撃が腕《うで》を中心に全身を抜ける。

刀はレヴァンティンの手で受け止められていた。

「あなたの実力は認めますが、それでも止まるわけにはいきません」

「……僕も、やめるわけにはいかないよ」

レヴァンティンの視線を受け止め、そう答える。

「だから、ここに来た」

何度問われても、誰に問われても。

「変えるつもりはない」

焔切《ほむらぎ》りは止められた。

しかし、返しの技はすでに用意してある。

外力系衝剄《がいりきけいしょうけい》の連段《れんだん》変化、焔返《ほむらがえ》し・火重ね練刃《れんじん》。

刀は止められた。焔切《ほむらぎ》りの斬撃は無効となった。

だが、放った剄技までもが終わったわけではない。

抜き打ちとともに散った連弾《れんだん》の剄がレヴァンティンの頭上で発動する。

紅《くれない》を膨《ふく》らませたそれは、次の瞬間《しゅんかん》には無数の刃《やいば》となってレヴァンティンに向かって振り下ろされる。

頭上を見上げたレヴァンティンの隙《すき》を突き、レイフォンは後退する。

無数の剄による炎斬は避《さ》けられることなくレヴァンティンを捕《と》らえ、次々と爆発《ばくはつ》を起こす。

レイフォンはその結果をその場で確かめることはしなかった。

全力で後退する。

先ほどくぐり抜けてきた茨を同じ要領で突き抜けると、元の場所で着地した。

サヴァリスは変わらずそこに立っていて、レイフォンをいつもの笑《え》みで迎えた。

「全力の逃走《とうそう》ですね」

「いまの自分がわかっていると言ってください」

揶揄《やゆ》するサヴァリスにレイフォンは冷静に受け答える。

「大人になったんですねぇ。つまらない」

「そんなに言うならあなたが行ったらどうですか？」

「これでも、さっきまでけっこうな無茶をしていたんですよ？　休憩《きゅうけい》する時間ぐらい援軍《えんぐん》に稼《かせ》いで欲しいですよね」

「へぇ……」

そう言われればサヴァリスの体は血で汚《よご》れている。

新しい血が流れていないところを見ると、傷そのものは活剄で塞いでしまったのだろう。

さらにいえば他の天剣授受者《てんけんじゅじゅしゃ》、ルイメイやカナリス、トロイアットたちの動きも悪いのはこの機に回復に集中しているからだろう。

なぜかハイアやクラリーベルがいて、その二人が持っているものが天剣《てんりん》のようだということも、すでに気付いている。

気付いているし、驚《おどろ》いてもいるが、それを面《おもて》に表す暇《ひま》はなかった。

なにより、リヴァースとカウンティア、カルヴァーンがいないのはどういうことか？

「いない人がいるみたいですけど？」

「死にましたよ。わかっているでしょう」

「……聞いてはいなかったですけど」

戦場にいない理由はそれぐらいしかない。レイフォンは胸に詰《つ》まったなにかをまとめて吐《は》き出した。

戦場で人が死ぬのは当たり前だ。グレンダンで戦っていた頃《ころ》、そうやって死んでいった武芸者たちを何人も見てきている。汚染獣《おせんじゅう》か、武芸者か、戦えば必ずどちらかの生命が止まるのだ。

だから、道理としてはおかしくはない。天剣授受者《てんけんじゅじゅしゃ》でも敗れれば死ぬ。

しかし、理屈《りくつ》だけで心が動くわけでもない。

「逃《に》げられない理由が増えましたね」

小さく呟《つぶや》く。

そんなレイフォンの隣《となり》で、サヴァリスは楽しげに喋《しゃべ》り続ける。

「それよりも、おもしろい技を開発しましたね。なるほど、ここに来る自信にもなるというものだ」

「通じていないみたいですけどね」

戻《もど》ってきている間にレイフォンの剄技が起こした爆発は収まった。

そこには、何事もない様子で立つレヴァンティンの姿がある。

倒《たお》せないのはわかっていた。

それよりも、さきほどの剄技では切れなかったのか？　切れてもすぐに回復してしまったのか、そちらの方が気になる。

無事に立っているという事実の前ではたいした違《ちが》いはないように思えるが、しかしレイフォンはその部分が気になった。

「ここから見ていた様子だと、切れてはいましたよ」

レイフォンの考えが読めているのだろう。サヴァリスが教えてくれた。

「だけど、倒せない」

「そんな簡単にやられては僕たちの立《た》つ瀬《せ》がないですねぇ」

サヴァリスの軽口はいつものことだ。むしろ、軽ければ軽いほど敵が強いと思った方がいい。レイフォンは確かそうだったと心の中で呟いた。

戦うことがなによりも楽しいと思っているのがサヴァリスなのだから。

(殺し合った人と、よくお喋りができますね)

フェリがそんなことを言ってくる。

「え？　あ、まぁ……そうですね」

そういえばそんなこともあった。

「あれは良い戦いでした」

聞こえたのだろう、サヴァリスがそんなことを言う。

「天剣《てんけん》がなくても戦えるというのは考えたことのない境地ですね、ちょっとこんど体験させてください」

「嫌《いや》ですよ」

(あなたたちはやはり変人ですね)

興味津々《きょうみしんしん》なサヴァリスの申し出を断ったというのにそんなことを言われた。

「こんな人と一緒《いっしょ》にしないでください」

言ってみたが疑いの雰囲気《ふんいき》が念威端子《ねんいたんし》越《ご》しでも伝わってきそうだ。

「おっと、あの人も様子見を開始するようですね」

サヴァリスの言葉よりも先に、レイフォンも感じた。

凄《すさ》まじい剄の波をそこら中から感じる。

すでにこの周辺全《すべ》てに彼の鋼糸《こうし》が配置され、いつでも死の刃と化すことができるという証拠《しょうこ》だ。

レイフォンはリンテンスを見た。

サヴァリスとはまた違う意味で戦闘《せんとう》を追い求めるこの男は、だらりと垂らした手の先、左右の五指を一瞬だけ動かした。

それを見逃《みのが》すまいとしてしまうのは、かつての師弟《してい》の間柄《あいだがら》がそうさせるのか。

無数の極細《ごくぼそ》の刃が一斉《いっせい》に茨《いばら》の化け物とレヴァンティンに襲《おそ》いかかった。

茨のいたるところで斬線の衝撃波が生まれる。

「切れてませんね」

そう、リンテンスの斬撃を茨は撥《は》ねのけている。

「切ることだけに関して言えばカウンティアさんが一番だったでしょうし、あなたやそこのハイア君がいる。驚きの結果ではないですね」

「それはそうですけど」

「あの人のすごさはそういうことではないでしょう」

「わかってますよ」

まさかサヴァリスにそんなことを言われるとは思わなかった。意外さと奇妙《きみょう》な対抗心《たいこう》が湧《わ》き出てきてむっとしてしまった。

「あれは触診《しょくしん》です。わかってますよ」

鋼糸《こうし》を使って敵の状態を調べる、それを触診という。

ただ、リンテンスの触診は強力なので、それでほとんどの汚染獣《おせんじゅう》は片付いてきた。

「ならいいのですけどね」

サヴァリスの態度に苛立《いらだ》ちながらも戦いの様子を窺《うかが》う。

茨の化け物は一度上がってくることに決めたようだ。いま攻《せ》めているリンテンスだけでなくレイフォンたちにもその巨大《きょだい》な先端《せんたん》を突《つ》きつけてきた。

轟音《ごうおん》を巻き起こして接近してくるそれを跳《と》んでかわす。

かわしたところで、茨が爆発した。

「なっ！」

大規模な煙幕《えんまく》が周囲を覆《おお》う。視界が潰《つぶ》された中、空気の中に異様な変化が生まれたのを見逃しはしない。

無数のなにかがレイフォンに向かって飛来してくる。

気配に沿って体を捻《ひね》らせる。

煙幕を突き破って襲ってきたのは無数の……茨だ。

現実的な太さとなった茨が無数の槍《やり》となって煙幕を突き抜《ぬ》けてきたのだ。

「変化した？」

身を捻り、刀で薙《な》ぎ払《はら》うが、茨は次から次へと現われて際限がない。

「くっ」

対処する反動がそのままレイフォンの体を上へ上へと運んでいく。

「ええい！」

外力系衝剄《がいりきけいしょうけい》の連弾変化、重ね閃断《せんだん》・籠目《かごめ》。

上下を組み合わせた網《あみ》の目《め》状の斬撃を疾《はし》走らせ、茨の群を薙ぎ払う。

だが、茨の数は無数だ。

外力系衝剄《がいりきけいしょうけい》の連弾変化、追い狩《が》り。

追加の剄で閃断の勢いを取り戻させつつ、レイフォンは周辺を確認《かくにん》する。

煙幕が晴れようとしている。

見れば煙幕を突き破る茨の数は千や二千では数えられなさそうだ。

レイフォンだけではない、側《そば》にいたサヴァリスももちろんだが他の天剣《てんけん》たちにも茨は襲いかかっている。

膨張《ぼうちょう》する針玉の如き様相だ。

各自が回避《かいひ》と逆襲《ぎゃくしゅう》を敢行《かんこう》するが、膨張の勢いは止まらない。

その中でもレイフォンとリンテンスを除いた天剣《てんけん》たちの動きが悪い。

疲労《ひろう》しているというサヴァリスの言葉は思った以上に深刻だったか。

レイフォンは迎撃《げいげき》をやめ、回避に専念する。

まっすぐに向かってくる茨を避《さ》け、蹴《け》り、茨玉の内部を目指す。その数ゆえか一度避けたものが追いかけてくるということはない。

だが、数が数だ。

避けるも跳ぶも、一度でも失敗すればその数と勢いに呑《の》まれて元の位置どころかはるか後方にまで運ばれてしまいそうだ。

茨の伸《の》びる轟音の向こうでなにかが壊《こわ》れる音もしている。

天剣《てんけん》たちが茨をどうにかしている音か？

いや、それだけではない。

「都市を壊してる？」

茨の膨張速度を考えれば、王宮だった部分にはとっくに到達《とうたつ》しているだろう。さらにそこから王宮の外にまで達していることは簡単な推測だ。

上が破壊《はかい》されているなら下にもそれは向かっているはずだ。

リーリンにも危機が迫《せま》っている。

「のんびりもしてられない」

レイフォンはさらに足に力を入れ、中心を目指す。

高速で伸張《しんちょう》し流れていく茨とは逆方向に向かって進むのは生半可《なまはんか》なことではない。速度は出ているようで出ていない状態だ。

「くっ」

焦《あせ》りが口から零《こぼ》れ出た。

そのときだ。

いままでとは違う音が、背後から急速に近づいて来ていた。

振《ふ》り返《かえ》る余裕《よゆう》はあまりない。

それでも、この音は近くにあっては危険だと、なにかが教えている。

無理をして音の進行方向から離《はな》れた。

そのすぐ後だ。

離れた方向の茨が、いきなりかき消えた。

いいや、引《ひ》き裂《さ》かれたのだ。

「なっ？」

まともに喋《しゃべ》っている余裕はない。それでも、目で確認しなくては話にならない。レイフォンはそちらを見た。

やはり、信じられない光景があった。

粉砕《ふんさい》され、掻《か》き回《まわ》されている。

見えないなにかが回転し、無数の茨を切り刻み撒《ま》き散《ち》らしているのだ。

なにが？

いや、考えるまでもない。

機嫌《きげん》の悪い声に、レイフォンは背筋を冷たくさせながら、突如《とつじょ》として生まれた空間に飛び込んだ。

「入れ」

入る途中《とちゅう》で真っ二つにされるかと思ったが、そんなことはなかった。

だが、入ったからといってのんびりもしていられない。目に意識を集中して、それを見つけるとなんとか着地した。

降りた先は微細《びさい》な網目状の足場……鋼糸《こうし》だ。

そう、こんな無茶苦茶な押し通り方ができるのは、リンテンスぐらいのものだろう。

「収束したままなら切れなかったのだがな」

一息つけたレイフォンの頭上に、そんな独り言とも取れるような呟《つぶや》きがおりてくる。

声はどこかつまらなそうにも聞こえた。

しかし、見上げたリンテンスの表情は険しい。

相手に失望したという様子ではない。

「どうも気に入らん、な」

「なにがですか？」

鋼糸《こうし》によって作られた螺旋刃《らせんじん》が伸張する茨の群を切り裂き、穿《うが》ち、レイフォンたちを中心部に運ぶ。

運んでもらえることになったレイフォンは話す余裕ができた。

「本気だとは思えん」

「え？」

「あいつだ。雑兵《ぞうひょう》を呼んで王宮から武芸者を追い払い、天剣《てんけん》たちにまで退去しろと言ってのける。リヴァースの盾《たて》を砕《くだ》き、カルヴァーンを倒《たお》してみせた者の言うことではない」

「それは……」

言いかけて、レイフォンは良い言葉が思いつかなかった。

レヴァンティンが戦いを避けようとしている？

なぜ？

ふいに、レイフォンの頭に浮《う》かんでくるものがあった。

「人間の姿はしていても、あれは人間ではない」

「あ……」

「雑兵どもを先に片付けたのもそれを知りたかったからというのもある。さっき調べたときも同じだ」

さっき調べた……あの触診のことを言っているのだろう。

「人の真似《まね》をしていても、あれは人ではない。内臓もなければ心臓もない。砂よりもさらに細かい粒子《りゅうし》で作られた怪物《かいぶつ》だ」

レイフォンの頭に浮かんだものはリンテンスの言葉がずたずたに切り裂いてしまい、形になることはなかった。

そう、そうだ。

廃都《はいと》で見たではないか、彼女と同じ姿をした存在を。

彼女を、レヴァンティンを母体と呼んだ存在を見たではないか。

彼女は、ヴァティ・レンは人間ではない。

レヴァンティンという名の怪物、化け物だ。

それを、忘れてはいけない。

「そんなものがどうして戦いを避ける？　……気に入らんな」

武芸者として生まれたからにはその能力に相応《ふさわ》しい戦いを求める。

以前、本人がそう言っているのを聞いたことがある。生まれた都市を出た理由なのだろうと、そのときはぼんやりと考えた。

そしておそらく、この人にとってはこれまでのグレンダンでの戦いも、その欲求を満たしていなかったに違《ちが》いない。

サヴァリスのように刹那《せつな》的な危機感を弄《もてあそ》んでいるわけではない。

リンテンスのそれは、愚直《ぐちょく》なまでの義務感なのではないか？　そんな風に思う。歪《ゆが》みきってしまった考え方のようにも思えるが、しかしそんな考えだからこそリンテンスはいまのリンテンスたり得ているのだろう。

その彼が、己《おのれ》の義務感を完遂《かんすい》できるかもしれない相手を前にしている。

いつもと変わらないように見えるが、これでも実は冷静さを欠いているのかもしれない。

そんな危機感がレイフォンをよぎっていった。

鋼糸《こうし》の螺旋刃は茨《いばら》を切り裂き中心に向かっていく。もはや自分の位置関係が掴《つか》めていない。茨に対してどの辺りにいるのか、都市のどの辺りにいるのか。さっきまでいた場所とあまり変わっていないのか、それとも地下に潜《もぐ》ってしまったのか、むしろ地上に押し上げられてしまっているのか。

いろいろな不安が頭を通り過ぎていって混乱しそうになる。

だから、さっきリンテンスに感じたものも混乱が見せた幻《まぼろし》なだけかもしれない。

レイフォンは螺旋刃の先を見据《みす》える。

戦う相手が見えれば、こんな迷いに捕《と》らわれている暇《ひま》はなくなるのだ。

螺旋刃はレイフォンとリンテンスを運ぶ。

「来た」

中心に向かうにつれて茨同士の距離《きょり》が詰《つ》まり、先はまるで見通せていなかった。

それでも角度の具合から中心に向かっているという感覚はあった。

その感覚がさらに詰まり、そして唐突《とうとつ》に螺旋刃が空回りする音がした。

中心に、辿《たど》り着《つ》いた。

レヴァンティンが見えた。

茨がこうなる前から同じ場所に立ち続けているのではないか、そう思わせるぐらい、彼女の立ち姿に変化はなかった。

「先に！」

螺旋刃が解けるや、レイフォンは跳《と》びだした。

内力系活剄《ないりきけいかつけい》の変化、水鏡渡《みかがみわた》り。

瞬速がレイフォンをレヴァンティンの懐《ふところ》に運ぶ。

やはり、彼女の目はレイフォンを捕らえていた。

サイハーデン刀争術《とうそうじゅつ》、焔切《ほむらぎ》り。
かまわず、抜《ぬ》き打《う》ちを放つ。
先ほどと同じ流れ。
やはり、結果も同じだ。
放った刃《は》はレヴァンティンの手で受け止められた。
返しの技《わざ》は放たない。
「なぜだ!?」
代わりに問いかけの叫《さけ》びを放つ。
レヴァンティンが微《かす》かに表情を動かした。
「あなたには関係のないことです」
だが、戻《もど》ってくるのはすげない返事だけだ。
返しがないと知るや、レヴァンティンは受け止めた刀を握《にぎ》り潰《つぶ》さんと力を込《こ》めてくる。
「ふざけるな！」
外力系衝剄《がいりきけいしょうけい》の連弾《れんだん》変化、熾火起《おきびお》こし。
一度は消えた炎《ほのお》が刀身を覆《おお》い、レヴァンティンの手を突《つ》き放《はな》す。
突き放しただけではない。レヴァンティンの手は黒く染まり、崩《くず》れていった。

「あなたは……」

「関係ないなんて言葉は……もう聞きたくないんだ」

炎は刀身から消えていない。

黒くなって崩れた手はレイフォンが見ている前で瞬《またた》く間《ま》に再生された。

人間ではない。

いまさらだが、そんなことを確認《かくにん》する。

そう……だから……

「必要なのは……」

この刃は向けてもかまわない。

かまわない……はずだ。

『少しは人に近づけたのでしょうか？』

不意に《レヴB》の言葉を思い出す。直接聞いたわけではないその言葉が、脳裏《のうり》にひっかかる。

「必要なのは！」

その言葉を伝える相手は、レヴァンティンではない。

刃を向ける。

サイハーデン刀争術《とうそうじゅつ》の連弾変化、焔抜《ほむらぬ》き。

刺突《しとつ》の一閃《いっせん》が走る。

赤い亀裂《きれつ》光が空間に刻まれた。浸透剄《しんとうけい》が荒々《あらあら》しく大気を割る。

だが、その切っ先がレヴァンティンを貫《つらぬ》くことはなかった。

かわされたのだ。

いいや、当てなかったのか？

自分でも、わからない。

ただ、刺突を放ったレイフォンはレヴァンティンの横をすり抜け、そして振《ふ》り返《かえ》ったレヴァンティンは追い打ちをかけてこない。

「レイフォン・アルセイフ、あなたは、どうして？」

「……その答えが聞きたかったら、こんなことはもうやめるんだ」

「…………」

レヴァンティンは黙《だま》ってしまった。

そうだ。リンテンスが言った。本気ではないと。それはどういう意味か？　本気になる必要がないのか？

本気になりたくないのか？

それは、迷いがあるということなのか？

戦うことを迷っているということなのだろうか？

この戦いは止められるということなのか？

それなら……

「戦いながら、殺し合いながら、なにかを話し合うなんて、できるわけがないんだ」

殺意をかわし合いながら、なにを話し合えるというんだろう？

なにがわかりあえるというんだろう？

刃にちらつく死の影《かげ》に怯《おび》えた言葉に、どんな真実があるというんだろう？

リヴァースとカウンティアが死んだ。カルヴァーンが死んだ。

リヴァースはいい人で良くしてくれたけど、カウンティアが怖《こわ》くてあまり近づけなかった。カルヴァーンはいつも苦々しい顔をしていたけれど、それでも理不尽《りふじん》なことが嫌《きら》いな人なのだということはよくわかった。

そんな三人が死んだ。

レヴァンティンに、殺された。

殺し殺され、そんな憎悪《ぞうお》が行《ゆ》き交《か》う中では、どんな言葉にも真実は宿らない。

「なにかが知りたかったんなら、ツェルニにずっといたらよかったんだ」

「……それは、できません」

「……！　……！」

言葉にならない。もどかしさが爆発《ばくはつ》しそうだった。

視線をそらさないレヴァンティンの表情は念威繰者《ねんいそうしゃ》以上になにも映さない。

「あの場所で知りたいことは全《すべ》て知りました」

「っ！」

「その上で、わたしはわたしの責務を遂行《すいこう》しなければなりません。そのためにここに来たのです」

「君は！」

「わたしはレヴァンティン。ナノセルロイド・マザーⅠ・レヴァンティン。最初のナノセルロイドにしてアルケミスト、ソーホ・イグナシスに従う対オーロラ粒子兵器」

「ヴァティ！」

「それがわたしです」

「ヴァティ！」

「そして、オーロラ粒子に影響《えいきょう》された新人類たちよ」

目線は変えない。レイフォンを見たまま、レヴァンティンはそう言った。

「その肉体構成と、度重《たびかさ》なる任務遂行の妨害《ぼうがい》により、これよりあなたたちを『異民』と認定、排除《はいじょ》行動に移ります」

「ヴァティ！」

どれだけ叫んでも、レイフォンの声は虚《むな》しく彼女の鉄の表情に散らされてしまう。

「そうか、ようやく本気になるか」

「リンテンスさん」

「レイフォン、戦う気がないならここまでだ、失《う》せろ」

「くっ」

「ようやく本気になるのだろう？　ならばそれでいい」

こちらも話が通じるとは思えない。

「くそっ」

いいやレイフォンと、自身に言い聞かせる。

自分はなにをしにここへ来たのかを思い出させる。

思い出す必要もないほど、それははっきりしているじゃないか。

「ヴァティ……君がこのまま任務を遂行したら、この世界は滅《ほろ》んでしまうんだろう？」

「結果的には、そうなる可能性はとても高いでしょう」

「……なら、僕たちに選択肢《せんたくし》はないいんだ」

握りしめた刀の感触《かんしょく》、鼻を抜ける空気の痛さ、研《と》ぎ澄《す》ませた肌《はだ》感覚もまた痛みを感じている。

痛みの中を進まねばならないことをいまさらながらに感じている。

彼女の冷たい面《おもて》にどんな覚悟《かくご》があるのか、あるいはないのか。

機械のように、やるべきことをやっているだけなのか。

ヴァティ……レヴァンティンを見ていると、どうしてもメイシェンの笑顔《えがお》が浮《う》かんでき

てしまうのだ。

だけど、そんな考えにふらついていられない。

念威が届かないのかフェリの声が聞こえない。もしそうだったら、彼女に怒《おこ》られていた

だろう。

いや、いっそ怒られて、すっきりしてしまった方がよかった。

「戦いますよ、僕だって」

「ならば見せてみろ」

リンテンスの声もまた冷たい。

レイフォンは長く長く息を吐《は》く。吐いて、腹の内に溜《た》まってしまったよくわからないも

のを吐き出してしまう。

吐き出してしまえば、後はもう奔《はし》るしかないのだ。

†

地下でレイフォンの戦いが始まる一方、地上での戦いも続いていた。

空気の変化は、ハイアもまた感じていた。

「なんか、嫌《いや》な予感がするさ」

もちろん、感じているのはハイアだけではないだろう。

だが、いまもなお膨張《ぼうちょう》を続ける茨《いばら》が天剣授受者《てんけんじゅじゅしゃ》たちを引《ひ》き離《はな》し、連携《れんけい》を不可能としている。

ハイアもまた、迫《せま》る茨を切《き》り裂《さ》き続けるだけで手《て》一杯《いっぱい》の状況《じょうきょう》だった。

(ハイア!)

鋭《するど》く響《ひび》いたのはエルスマウの声だ。

「お、連絡《れんらく》が通じたか。どうさ〜?」

(あなたがそれだけ中心部から離されたということです)

「やっぱか〜」

エルスマウの話し方にどことなく安心感を覚えながら、ハイアは自身の体を確かめる。

たいした怪我《けが》はしていない。

疲労《ひろう》もかなり抜《ぬ》けてきた。

「他の連中は？」

（無事ですが、お互《たが》いに引き離されています）

「まさしく各個撃破《げきは》されそうってことか、さ～」

まずは合流か。

「それで、これはどれぐらいでっかくなってるさ～？」

（地上面は王宮を中心に半径四キルメルで膨張は止まっています）

「地下は？」

（地下は現在念威が通らない状況ですので予測でしかありませんが、五百メルも破壊《はかい》されていないと思われます）

「そんなもんかさ」

思ったよりも被害《ひがい》は少ない。

（ですが破壊されているのは都市の中心部です。行政面でも、都市の機能面でも深刻な被害です）

「まっ、それは生き残ればどうとでもなるさ～」

この事態を切り抜けられなければ、そんな心配もしていられない。

「……糸の旦那《だんな》とレイフォンが中に入ったように見えたが、どうなったかさ？」

(押し返されてはいません)

「そうかさ」

やはり中の様子はわからないらしい。

「さて、それじゃあ……とりあえずこの植物なのか針なのかよくわからないものを駆除《くじょ》しないとさ～」

ハイアがそう言うのを待っていたわけではないだろう。

「あん？」

跳《と》んで跳《は》ねてを繰《く》り返していたハイアはその急激な変化に戸惑《とまど》う。

茨の伸張《しんちょう》が止まったのだ。

「なにかさ？」

嫌な予感はずっとしている。

この急な停止はそれを裏付けるための予備動作のような気がして、ハイアの背筋を凍《こお》らせた。

逃《に》げるか攻《せ》めるか、その判断が天秤《てんびん》の形になって火花を散らす。

迷う間はなかった。

壊《こわ》れんばかりの勢いで片側に落ちた天秤に従い、ハイアは刀を閃《ひらめ》かせる。

外力系衝剄《がいりきけいしょうけい》の変化、閃断《せんだん》。

飛翔《ひしょう》する斬撃《ざんげき》を連続で放つ。狙《ねら》いはもちろん、茨の中心部に向かってだ。

（ハイア！）

「他の連中が、まだおれっちの声を聞く気があるなら再集合。場所の選定は任せるさ！」

（わかりました）

エルスマウは即座《そくざ》に集合場所を選び出し、ハイアに告げる。

閃断の結果は確かめない。次々と放ちながら、ハイアは指定された場所に向かって跳躍《ちょうやく》した。

天秤は仕切り直しに傾《かたむ》いていた。

エルスマウが指定したのは裕福《ゆうふく》そうな屋敷《やしき》の屋根だった。

「お、全員来たのかさ」

一人二人は来ないかもしれないと思っていただけに、これは予想外だった。

「なにか作戦があるのか？」

言ったのはルイメイだ。かなり機嫌《きげん》が悪いという声だ。戦いがうまく運ばない苛立《いらだ》ちが爆発寸前なのだろう。

ハイアは全員を見回す。格別に疲労がひどいものはいなかった。みな、攻めあぐねてはいたものの攻め疲《つか》れるまでの無茶はしなかったということだろう。

「どうやら糸の旦那とレイフォンは茨を抜け切っちまってるみたいさ」

ハイアはそう言い切った。戻《もど》ってこないということはそういうことだろうと決め付ける。

念威が通らない以上は確定的な情報は手に入らない。それならある程度は予測で動くしかない。

なにより、レイフォンはともかくとして、リンテンスが茨の突破《とっぱ》に失敗して死ぬなどというのが想像できない。

付き合いが短いハイアでさえそうなのだから、他の天剣《てんけん》たちはすでに確信していることだろう。

「というわけで、おれっちたちはあの茨を駆除するさ」

「どっちにしろ、あれをどうにかしないと中にも入れないからな」

トロイアットが頷《うなず》いた。

「だが、あの身持ちの堅《かた》いご婦人を、どうやってベッドまでお連れしてドレスを脱《ぬ》がす？」

「まぁ聞くさ～」

戦いながら考えた作戦をハイアは皆《みな》に聞かせた。

「今回はエルスマウにも協力してもらう。ていうか協力なしだと実現は無理さ」

そうも付け加えた。

説明しても、いまいち全員の表情は納得《なっとく》していなかった。

よくわかっていない。

そういう顔だ。

「おれっちも最初に聞いたときにはいまいちピンと来なかったさ」

「ということは一度、試《ため》したことがあると」

カナリスの質問にハイアは頷いた。

「ま、こんな大規模じゃないけど、昔、さ」

「なるほど。成功したことがあるなら反対する必要はありませんね。なにをどうしようと危険であることには変わりありませんし」

そう言い切ると、カナリスが他の天剣授受者《てんけんじゅじゅしゃ》たちを見る。

「この作戦でいきましょう。それとも代案がありますか？」

「カナリスがそう言うなら」

しぶしぶと言った様子でバーメリンが答える。

「おもしろい作戦ですね」

「そうだな」

サヴァリスとトロイアットも賛成し、クラリーベルも頷く。

気に入らない顔なのはルイメイだけだ。

「ルイメイ、反対か？」

「なにも。なにもない」

「そういう顔ではないぜ、旦那」

「……おれが古い人間だということだろう。作戦はやる。文句はあるまい」

「ないさ〜」

ルイメイ、カナリス、トロイアット……彼らのやりとりを締《し》めくくると、ハイアは改めて茨を見る。

いまだに沈黙《ちんもく》する茨には、やはりなにかをしでかそうとする予兆があるように思えてならない。

それが姿を見せる前に、こんどこそ消し去ってしまわなければ。

「では、準備を始めるさ」

ハイアのその言葉でお互いに行動を開始する。

(待ちなさい)

動こうとしたハイアを、エルスマウが呼び止めた。

(できると思っているのですか?)

「そういうことは、さっき言うさ〜」

顔をしかめるハイアに、エルスマウは質問を繰り返す。

(そんな作戦が本当に通用すると?)

「強力な再生能力、膨大《ぼうだい》な質量、手数の多さ」

そう言ってハイアは念威端子《ねんいたんし》に向かって指を折る。

「あのときと条件は同じさ。で、これまでの感想で、結局こいつも汚染獣《おせんじゅう》の仲間だとおれっちは見てる。なら、あれと同じ対処法が通じるはずさ〜」

(しかし……)

「おれっちは信じてるさ。仲間が考えた作戦さ。あんたも知っているだろう?」

ハイアがそう言うと、エルスマウは黙《だま》ってしまった。

「どうあれ、なんであれ、なんでもやってみるしかないのがいまの現状さ。なら、仲間の考えた作戦をおれっちは信じるさ〜」

念威端子《ねんいたんし》は沈黙を続ける。

ハイアは再び茨《いばら》に向けて跳躍した。

†

ハイアの語る作戦と、それを聞いて動揺《どうよう》するエルスマウ……

二人の会話を聞くフェリには疑問があった。

フェリはいま、エルスマウたちとともにいた。

本来なら王宮の一角に情報統括《とうかつ》室という独自の部署と部屋があったのだが、そこはレヴァンティンの襲撃《しゅうげき》と同時に撤収《てっしゅう》したのだという。

その判断が正しかったことは、すでに証明されている。

現在は、外縁《がいえん》部に近い都市警察の支署を仮の場所として情報収集に勤《いそ》しんでいる。

フェリは完全な部外者なのだが、エルスマウが説明してくれたことで受け入れられている。デルボネから遺産を受け取っていることや、レイフォンの連れてきた念威《ねんい》繰者《そうしゃ》だという部分が、彼らを信用させたらしい。

デルボネはともかくとしても、レイフォンもまだ信用されているのだと考えると複雑な気持ちになる。

彼がグレンダンに受け入れられているかもしれないと考えれば、うれしくもあり、まったく同じ理由で少し不安にもなる。

それはともかく、いまは目の前にある疑問だ。

「あの……」

疲れた顔で額を押さえるエルスマウに、フェリは声をかけた。

「なんでしょう？」

疲労《ひろう》の色が濃《こ》いが、綺麗《きれい》な女性だと思う。その上で育ちの良さを示す品もある。外見はどうとでもできるだろうが、滲《にじ》み出る品性は手術でどうにかできるものではない。

「もしかして、秘密にしているのですか？」

そんな女性が、ハイアとともに傭兵《ようへい》をしていたというのだから、やはり驚《おどろ》きだ。

そして、秘密にしているというのはエルスマウが、かつてはフェルマウスという名でサリンバン教導傭兵団の念威《ねんい》繰者《そうしゃ》であったという過去のことだ。

「……ええ」

フェリから顔を背《そむ》け、彼女は頷いた。

「なぜ？」

さきほどの会話でエルスマウは、狼狽《ろうばい》はしていたもののハイアとのかつての関係をなかったもののように扱《あつか》っていた。

「彼は気付いているのでしょう?」

そう。ハイアの言い方もまた、大事な部分をぼやかせている節があった。

「……気付いているのでしょうね」

フェリの言葉にエルスマウは表情を強《こわ》ばらせたのだが、やがて苦笑《くしょう》に変えた。

(この姿になったときに決めたのです)

ふっと耳元で小さな声がした。声はエルスマウのものだ。

(傭兵であった過去と決別すると)

いつの間にか側《そば》に来ていた一片の念威端子《ねんいたんし》が、彼女の言葉をひっそりと告げる。

「なぜですか?」

(念威繰者《ねんいそうしゃ》というものがどんなものか、おわかりでしょう? 悪く言えば覗《のぞ》き屋です)

エルスマウの言葉に、フェリはたじろがなかった。

フェリもまた、そんなことを考えたことはある。

(天剣授受者《てんけんじゅじゅしゃ》はグレンダン都市民の尊敬を集める地位ですし、またそうでなくてはなりません。ですから、敵意を持たれる隙《すき》を見せるわけにはいかないのです)

「その隙が、傭兵団という過去……ですか？」

（ええ）

躊躇《ちゅうちょ》なくエルスマウは肯定《こうてい》する。

（グレンダンの都市民は傭兵を毛嫌《けぎら》いしている節があります。天剣授受者《てんけんじゅじゅしゃ》には都市外の者もいて、その方たちは受け入れているというのですから矛盾《むじゅん》しているようにも思われるかもしれませんが、そういう都市性なのです）

エルスマウはもう天剣授受者《てんけんじゅじゅしゃ》だ。敵意を持たれる心配をするのはおかしいようにも思える。

その疑問は、誰《だれ》かに聞くよりも先にフェリの中で答えとなった。

「心配のしすぎのように思えますけど？」

覗き屋という自嘲《じちょう》の言葉が出てきたりデルボネと自分を比較《ひかく》してみたり、エルスマウはかなりの心配性《しょう》なのだとフェリは感じた。

「用心するにこしたことはありません」

頑《かたく》なエルスマウの態度にフェリは言葉もない。

「それよりも、規模が規模ですのであなたの協力は是非《ぜひ》とも必要です。よろしいですね」

「ええ」

背を向けるエルスマウはこれ以上の質問を拒否《きょひ》している。フェリは聞くのを諦《あきら》めた。

確かに、個人の事情に興味を持っている事態ではない。

(あんなに神経質になる必要はないんですけどね)

そんなことを思っていると誰かが話しかけてきた。

ここに控《ひか》えている念威《ねんい》繰者《そうしゃ》の誰かだ。

(確かにデルボネ様ほどじゃないんだろうけど、統率《とうそつ》力はすごいし、なにより私たちに前より働く場所をくれているし)

(デルボネ様すごすぎて、おれたち軽く空気扱いだったからな)

(そうそう、忙《いそが》しいけど、個人的にはいまの方が充実《じゅうじつ》してるよね)

(まっ、いまは充実どころじゃないけど)

ざっと雑談が現われて、すぐに消えた。

見ればエルスマウが振《ふ》り返っている。

教師に睨《にら》まれた生徒たちのような雰囲気《ふんいき》が、一瞬《いっしゅん》この場に流れた。

「好かれているではないですか」

フェリはそう言ってみたが、エルスマウは答えることもなく再び背を向けたのだった。

†

ハイアたちは再び茨の前に立った。

「おーやってるさ〜」

地上に顔を見せた部分は針山の様相のままだ。

その奥で、激しい勁《けい》の波動が荒《あ》れ狂《くる》っている。

リンテンスとレイフォンが戦っているのだろう。

「作戦ですけど、中にいる二人には影響《えいきょう》ないんですか？」

隣《となり》に来たクラリーベルがそんなことを聞いて来る。

「………………」

「あの？」

「まっ、個人の裁量でどうにかするんでないかさ〜？」

「見捨てるんですか⁉」

「このお堅《かた》いドレスをどうにかしないとおれっちたちはなにもできないさ」

トロイアットの比喩《ひゆ》が妙《みょう》に気に入ってしまって使ってみたものの、やはり少し気恥《きは》ずかしい。ハイアは頭を掻《か》いた。

「でも……」

「あいつらがこの程度で死ぬと思うかさ？」

「………」

「どのみち、あれをどうにかしないと中に入る方法もないさ」

そして、半端《はんぱ》な破壊力《はかい》は超再生《ちょう》の前で無効化されてしまう。ハイアの作戦を実行するしかないのはあえて言うまでもない。

ハイアの言い方にクラリーベルは不満を感じているようだが、そのことがわかっているのでそれ以上を言ってくることはなかった。

「さて……」

向こうがリンテンスたちとの戦いに手こずり、こちらに手が回らなくなっているのなら、これ以上の好機はない。

「やるさ〜」

念威端子《ねんいたんし》に合図をし、ハイアは茨に突撃《とつげき》した。

一度は勢いを止めた剄の波動が茨を囲んで放散される。

それとほぼ同時に破壊の音が涌《わ》き起こる。

他の天剣授受者《てんけんじゆじゆしや》たちも攻撃《こうげき》を開始したのだ。

破壊の音が同じ音の上に重なり、相殺《そうさい》し、消散されていく。

閃断《せんだん》を幾重《いくえ》にも飛ばしながら、ハイアは茨の周りを駆《か》け回る。

天剣授受者《てんけんじゆじゆしや》たちの攻撃は瞬《また》く間《ま》に周囲を破壊の粉煙《ふんえん》で覆《おお》い、針山を崩《くず》していく。

「さあて、そろそろかさ〜？」

茨……レヴァンティンのこれまでの戦い方はこちらの攻撃を受けてから、再生し、反撃するというものだった。

今回もこのままやられっぱなしということはないだろう。

「それならそれで、楽だけど、さ〜」

しかし、そんなことにはならない。

煙《けむり》の中で動きがあった。

「来るさ」

動きを感知したハイアは足を止める。他の連中も攻撃の手を止めた。

「まずは、反撃の反撃」

視界を埋《う》め尽《つ》くすほどの煙が突如《とつじよ》として消えた。

違《ちが》う。茨に向かって吸い込まれていった。

破壊された物質を再吸収・再構成を行い、同じ茨《いばら》が再び姿をあらわ……

「ん〜〜〜？　ぬあっ！」

薄《うす》れていく煙から覗いた影《かげ》が、違っていた。

巨大《きょだい》なものがそこにある。反射神経が火を噴《ふ》き、ハイアは全力で真上に跳《と》んだ。

煙を裂《さ》いて現われたのは巨大な質量……それだけならば、茨が再び一つにまとまって巨大化しただけだと思えばいい。

そうではない。

人型だ。

「巨人かよ、さ〜」

ハイアの足下《あしもと》を突《つ》き抜《ぬ》けて行ったのは、巨大な拳《こぶし》だった。荒々《あらあら》しい気流がハイアの体をきりもみさせる。

拳の根元にはもちろん胴体《どうたい》がある。男女どちらとも付かない無個性な顔がある。

下半身を地面の下に隠《かく》した形で巨人がそこにいた。

「まったく、なんでもありさ〜」

間延びした語尾《ごび》が緊迫《きんぱく》した空気で擦《かす》れて消える。

上半身だけでかつてあった王宮の高さを超《こ》えている。呆《あき》れてそれを見上げつつ、落下に移った体を動かし、突き出された腕《うで》の上に着地、そこを伝って頭部を目指して疾走《しっそう》する。

「どうせ、見た目通りじゃないだろうけど、さ〜！」

腕を駆け、肩《かた》へと跳躍《ちょうやく》し、目指すのは首。

背後に気配が現われ、ハイアを追《お》い越《こ》そうと迫《せま》ってくる。同じことを考えているのだろう。気配はクラリーベルだった。

「合わせるさ〜」

「あなたが合わせてください」

険のある返答に苦笑しつつ、肩の上に降りたハイアは隣の剄が膨《ふく》れあがるのに合わせて斬撃《ざんげき》を放つ。

一閃《いっせん》の斬剄と一閃の炎剄《えんけい》が重なり合って巨人の首を薙《な》ぐ。

しかし……

「ちぃ……」

「うそ、硬《かた》い」

柱のような首には焦《こ》げ目《め》一つ付くことがなかった。

それだけではない。

不可解な機械音が突如として発生し、連続する。

「やばっ！」

眼前に壁《かべ》のように聳《そび》える首の表面に硝子《ガラス》状の球面が無数に現われた瞬間《しゅんかん》、ハイアとクラリーベルはその場から跳び逃《に》げた。

無数の光線がその周囲にばら撒《ま》かれたのは刹那《せつな》の後だ。

二人を追うようにして首から肩、肩から腕、腕から胸と、あちこちで同じ球面が現われては消え、光線を吐《は》き出す。

それは、ハイアとクラリーベルにだけ起こっているのではない。

空中で身を捻《ひね》り、剄の反動で方向転換《てんかん》をしながら避《さ》けていたハイアは、巨人の各所で不可解な光が連続しているのを見る。

剄の流れから、その辺りで他の天剣授受者《てんけんじゅじゅしゃ》たちが戦っているのはわかる。

「こいつは、本格的にこっちを排除《はいじょ》しに来たさ～」

本気、というものなのか？

レヴァンティンがようやく本気になって天剣授受者《てんけんじゅじゅしゃ》たちを排除する気になったのか。

いままで本気ではなかったと考える方が寒気がする。本気ではないままにリヴァースやカウンティア、カルヴァーンを退けてきたということになるのだから。

「どうするのですか？」

近くで同じように回避《かいひ》行動に専念しているクラリーベルが叫《さけ》んだ。

「作戦はやるさ〜。それ以外になにができる？」

「それは……」

「潰《つぶ》すか潰されるか、いつものことさ〜」

ただ、戦場がいつもと違うだけだ。

そう割り切り、ハイアは目を凝《こ》らす。

他の天剣授受者《てんけんじゆじゅしゃ》たちがハイアの作戦通りの下地を作っているか。

念威端子《ねんいたんし》は配置を済ませているのか。

目を凝らし、耳を凝らし、戦場の騒音《そうおん》をかき分けて必要な情報を五感で探《さぐ》っていく。念威の補助が十分ではないことなど、そう珍《めずら》しくもない。なんの保証もないまま、直感だけを信じて作戦の実行を決断したことも一度や二度ではない。

「いつもと、変わらないさ」

それは自分へのいい聞かせだ。

乱れ飛ぶ光線をかわしながら、ハイアは集中する。

そのときを見定めるため、集中する。

だが、戦いへの姿勢の変化は、意外な波及《はきゅう》効果を生んでもいた。

大地に突き刺《さ》さった拳が都市を震《ふる》わせる。


「ちっ」


ルイメイは舌打ちし、鎖《くさり》を引いた。

拳と地面の隙間《すきま》から鉄球がすり抜けると、それは主人の下へと戻《もど》ってくる。

鉄球からの振動波《しんどうは》で拳の破壊力を相殺させたかったのだが、完全にというわけにはいかなかったようだ。

その代わり、地面から引き戻された拳から指が二本くずれ落ち、拳そのものにも深い亀《き》裂《れつ》がいくつか走っている。

しかしそれも、やがては再生されてしまうだろう。そう考えれば徒労感で舌打ちを重ねたくなる。

「おおおおおおおらあああああああっ!!」

代わりにルイメイは雄《お》叫《たけ》びを上げ、引き戻した鉄球を壊《こわ》れかけた巨人の拳に投じる。

その拳の表面で無数の球面が生まれ、光線が放たれた。

放たれた光線群は、ルイメイに向けて正確な線を描《えが》いていたはずだが、鉄球に込《こ》められた剄の熱と衝撃波《しょうげきは》がそれを歪《ゆが》ませる。

自身の側《そば》を行き過ぎていく光線の群に揺《ゆ》るがされることなく、ルイメイの目は鉄球の行く先を見据《みす》えていた。

鉄球は狙《ねら》い通りに巨人の拳に吸い込まれるように着弾《ちゃくだん》すると、破壊の波紋《はもん》を生み出す。波紋はとどまることのない破壊を生み続け、拳を呑《の》み込み、崩壊《ほうかい》へと導いた。

鉄球の破壊は巨人の肘《ひじ》にまで達し、崩れた腕は砂のようになって都市へと落ちていく。

別の場所からの光線がルイメイに襲《おそ》いかかる。しかしそれはうねる鎖が全《すべ》て受け止めた。

「ふん」

剄の熱を鼻息とともに払《はら》い、ルイメイは次なる破壊部位を見定めんと巨人に目をやる。

壊して壊して壊しまくる。

「直す暇《ひま》もないほど、直す余力を残さないほどぶっこわせば、それでいいのだろうが」

技倆《ぎりょう》という点においては天剣授受者《てんけんじゅじゅしゃ》の中でもかなりの高位にいるはずのルイメイなのだが、直情の破壊思考はカウンティアとも肩を並べる。

相反する性質を鉄球に込め、ルイメイは巨人の肩を破壊せんと投じる。巨人の肩は大きく削《けず》れ、それに伴《ともな》って肘から下を失っていた残りの腕部分にも深い亀裂が生まれ、一部が剝落《はくらく》した。

崩壊の砂が轟音《ごうおん》とともに落ちる中、無数の球面が光線を吐き出し、ルイメイを排除しよ

うとする。

　ルイメイの鎖はそれを全て受けきる。

「ぬるい」

　吐き捨て、次なる破壊箇所《はかいかしょ》を見定めようとしていた目が、それを見た。

　光線を弾《はじ》いているためにルイメイの周囲は閃光《せんこう》が重なり合って、ほとんど見えたものではない。

　それでも、閃光の隙間からそれは見えた。

　巨人の顔だ。

　見えたそれを破壊しようと思っていたところで、その部位の変化も見えた。

　顔全てを覆うほどの球面が現われたかと思えば、それらが結集し、一つになったのだ。

「む……」

　声そのものは短いものの、ルイメイは突き飛ばされたかのような強烈《きょうれつ》な予感に見舞《みま》われていた。

　予感を食い潰さんと、ルイメイは動く。

　鎖を握《にぎ》る手に力がこもる。

　迸《ほとばし》る勁《けい》が背中を焼き、戦闘衣《せんとう》が瞬く間に焼失する。

巨人の頭部に生まれた巨大球面は、その焦点《しょうてん》をルイメイに定めている……ように見える。

地面で踏《ふ》み堪《こら》える姿勢を取るルイメイは全霊《ぜんれい》の剄を解き放った。

活剄衝剄混合変化、激昂《げきこう》。

「ああ、苛々《いらいら》する」

解き放った剄技はルイメイを、そして鉄球を真紅《しんく》の輝《かがや》きに押し包む。

「守りなんてな、そもそもおれの性《しょう》に合っちゃいないんだ」

攻《せ》めて、攻めて攻めて攻めて、そういう戦いをやりたい。

だが、なかなかそんな場面はない。都市と汚染獣《おせんじゅう》との戦いは、そもそもが本質的に防衛戦なのだから。

デルボネという優《すぐ》れた念威繰者《ねんいそうしゃ》がいたからこそ、攻性防御《こうせいぼうぎょ》という名目で迫る汚染獣《おせんじゅう》たちを相手に打って出るという作戦もできた。

だからこそ、ほんの少しだけルイメイの苛立ちは解消できていたともいえる。

しかし、いまの戦いにその要素はない。

都市上で、明確に目的を持つ敵を進行させないようにする戦い。

どこにも、ルイメイが本気を出せる要素は存在しない。

力を精密に操《あやつ》る術を磨《みが》いてきたが、そんなものではなにも誤魔化《ごまか》せない。

ルイメイの心は誤魔化せない。

どんな強敵が現われようとも、行動に制限のある都市上では本気にはなれない。

だが、いまのこれは……

「ぬうううううううううおおおおおおおおおおおおお!!」

勁技・激昂によって灼熱《しゃくねつ》と化したルイメイは鉄球とともに跳《と》んだ。

巨大《きょだい》な球面の奥で危険な予兆を増幅《ぞうふく》させる頭部を目指す。

本気で使えば都市を壊す。そう言わしめるルイメイの勁力が鉄球に、そしてそれを目標へと運ぶルイメイの筋力に惜《お》しみなく注がれた。

鉄球とともに跳ぶルイメイの姿が灼熱に沈《しず》んでいく、光は一つとなった。

それとほぼときを同じくして、巨人の頭部が輝く。

球面から溢《あふ》れた大量の輝きは、次の瞬間には一つにまとまり、自身に向かう灼熱の光弾《こうだん》に向けられる。

極大の光線が放たれ、周囲の光景が漂白《ひょうはく》された。

光線は巨人の頭部にほぼ等しい太さ、通常の家屋ほどの太さがある。

それに向かってルイメイは跳ぶ。鉄球を摑《つか》み、それを己《おのれ》の拳《こぶし》の如《ごと》く扱《あつか》い、気に入らないもの全てを殴《なぐ》り壊さんという気迫《きはく》を赤光に変えて光線に向かう。

衝突《しょうとつ》した。

巨大な熱量に立ち向かうには、ルイメイの赤光はあまりにもささやかに見えてしまう。

しかし、結果は鮮烈《せんれつ》だ。

光線の先端《せんたん》が裂《さ》ける。幾《いく》筋にも分裂《ぶんれつ》した光線はその細い筋を乱舞《らんぶ》させ、地上を薙《な》ぐが、そのほとんどは空を虚《むな》しく駆《か》けただけで終わった。

赤光の弾丸は光線を引き裂きつつ、突《つ》き進《すす》む。

光線を割り切り、頭部へと至り……

「ファルナ、ルシャ……」

彼の呟《つぶや》きは自身の剄技のもの、そして巨人の頭部を破壊した轟音に呑み込まれ、かき消された。

「やった……さ〜」

瞬間《しゅんかん》に覚悟《かくご》が沸騰《ふっとう》した。

ハイアは生み出された結果にそう呟くのが精一杯《せいいっぱい》だった。

「ルイメイ……様は…………」

近くにいたクラリーベルが誰《だれ》にともなく聞く。

だが、自身でも答えがわかっているのだろう。言葉は擦《かす》れるように小さくなって消えた。

ハイアの目がそれを見る。引き裂かれた光線の一部が生みだした破壊の跡《あと》をだ。

荒々《あらあら》しいその傷痕《きずあと》を見れば、あの極太《ごくぶと》の光線がそのまま放たれていたらどうなったかは一目瞭然《いちもくりようぜん》だ。

「……都市の半分は溶《と》けて消えてたかも」

クラリーベルの感想はハイアと同じものだった。

そして、その半分には女王がいるという地下部分だけでなく、一般《いっぱん》都市民が避難《ひなん》しているシェルターも入っている。

遠くから巨大な音と振動が届けられた。

都市の脚《あし》が一本、落ちた。四散した光線の一つが薙ぎ払っていたのだ。

ほんの一部分でその結果だ。光線がそのままだったとしたら、ハイアたちの予想した光景は確実に展開されていたことだろう。

「あれが回復する前に決着をつける！」

ハイアの叫《さけ》びは念威端子《ねんいたんし》を通して他の天剣授受者《てんけんじゆじゆしや》たちにも届いた。

頭部を破壊した赤光はそのまま空を目指し、途中《とちゆう》で消えた。末路を追いかけている暇はなかった。巨人の再生能力を考えればいまでさえすでに時間を無駄《むだ》にしている。

叫んだハイアもまた剄技を放つ。

外力系衝剄《がいりきけいしょうけい》の変化、封心突《ふうしんとつ》・改。

渾身《こんしん》の刺突《しとつ》とともに解き放たれたのは、切っ先で凝縮《ぎょうしゅく》された剄の針だ。

ハイアの突きは巨人の皮膚《ひふ》を裂き、肉を貫《つらぬ》く。突きを放ったのちは即座《そくざ》にその場から退避し、また次の場所で刺突を行う。

追いかける球体群が光線を放つよりも先にその場から移動し、また、別の場所に剄の針を打ち込んでいく。

巨人の頭部が不吉《ふきつ》な予兆を見せるのと前後して、ハイアはこれを繰《く》り返《かえ》し続けていた。

不穏《ふおん》な行動に出れば近くにいる誰《だれ》かが止める。それはすでに作戦として織り込まれている。

誰かがいなくなる可能性も含《ふく》めて、作戦は組まれている。

黙々《もくもく》と、そして高速でハイアが剄の針を打ち込み続けるのと同様に、他の天剣授受者《てんけんじゅじゅしゃ》たちもハイアと似たような行動を繰り返す。

追いかける球体群と光線の乱舞をかわすのはさほど難しいことではない。

だが、頭部で展開されたような巨大球面とその光線……あれが頭部の再生を待つまでもなく行えるのであれば……

カナリスがそれを見た。

巨人の頭部はいまだ再生の途中だ。

しかし、もとは茨《いばら》だったものが変化したものであり、茨の形が本体であったという保証もない。

人に似た形を取ったからといって内面の機能的に人と同じになったというわけではない。

頭を潰《つぶ》したから死ぬという理屈《りくつ》は汚染獣《おせんじゆう》にも通じない場合があるのだから、この巨人に通じると無意味に信じるのは愚《おろ》かだ。

なにより、人の頭から光線が出ることはない。

だからこそ、目の前で起きたことに驚《おどろ》くことなく、次の行動を選択《せんたく》できた。

ルイメイが破壊した腕《うで》は右腕だ。

その断面に球体群が集結しようとしていた。

「っ！」

頭部にあったそれと同じものがそこにできあがろうとしている。想像できる被害《ひがい》を考えれば無視できるものではない。

「…………」

急制動をかけていままでやっていたことを放棄《ほうき》し、形成されつつある巨大球面に向かって新たな剄技を発動させた。

外力系衝剄《がいりきけいしょうけい》の変化、舞曲《ぶきょく》・妬炎清姫。

空を薙いだ二振《ふたふ》りの剣は無音を維持《いじ》する。

音は別の場所からした。

形成されつつある巨大球面のすぐそばでだ。

音のみの斬撃《ざんげき》が交差する。

音のみの火花が散る。

音のみの炎が熱を放って球面を取り巻いた。

姿なき炎熱《えんねつ》は球面を焼き、形成を妨害《ぼうがい》する。

形成途中の脆《もろ》そうな部分で進行が遅《おく》れているが、焼き溶かすにはいたらない。カナリスはできたその間を利用して球面に接近する。

外力系衝剄《がいりきけいしょうけい》の変化、舞曲・神薙《かんなぎ》。

妬炎清姫の熱で炙《あぶ》られていた球面に、神速の斬撃が襲《おそ》いかかる。

斬音は後からやってくる。

球面は四つに切りわかれ、斬音に込《こ》められた振動波《しんどうは》が球の内部を食い荒《あ》らす。

発射を防いだ。

そう思えた。

油断したわけではないだろう。

その内にさらなる球面が存在し、すでに発射準備を終えていたことは油断で片付けられない。

目の前には光の形で死が膨《ふく》らもうとしていた。

「あ……」

そう呟いた次の瞬間、二方向からの衝撃《しょうげき》が球面を破壊《はかい》し、発射寸前だった光線を拡散させた。

「うっ」

爆発《ばくはつ》に込められた熱風は光線の熱をはらんで身を溶かす。防御の刭を貫く熱さに耐《た》えながら、カナリスは爆風に乗って退避した。

「いや、なかなかあぶないところで」

「ウザドジ」

着地したところで二者の声を浴びせかけられる。

サヴァリスとバーメリンだ。

「すまない」

「あなたに死なれると困りますしね」

「……なに？」

「おもに陛下《へいか》のおもちゃ的な意味で」

「クソその通り」

「あなたたちは……」

頷《うなず》き合う気配を見せる二人に、カナリスはこめかみを押さえる。

「カナリス、その目……」

そうしているとバーメリンに気付かれた。

「ええ、熱で目をやられました。この戦闘《せんとう》中の回復は無理ですね」

普段《ふだん》ならば目が見えないぐらいはたいした問題ではないが、今回ばかりはそうはいかないだろう。失った視覚に惑《まど》わされるほんのわずかな時間がカナリスの命を奪《うば》っていくことになる。

「支援《しえん》に回りますので、仕込みはサヴァリスに任せます。バーメリンは変わらず陽動を」

二人の了承《りょうしょう》を聞き、カナリスは思考を支援に切り替《きか》え、剣を振るう。彼女の出現自在の音斬が巨人の体表を駆け巡《めぐ》る球面群を切り裂いていく。同様にバーメリンの銃撃《じゅうげき》が巨人に突き刺《さ》さり、ルイメイの崩《くず》した頭部や腕の再生を防いでいる。

飛び交《か》う光線と爆音の狭間《はざま》でサヴァリスやトロイアット、クラリーベルにハイアたちが戦いつつ仕込みを行っている。

背後ではエルスマウも作戦のために念威《ねんい》端子《たんし》を配置し直しているはずだ。

「情けない」

目の痛みは無視できる。

しかし、こんなところで役に立てなくなる屈辱《くつじょく》は、痛みよりも強く身を切りつけてくる。

カナリスの放つ音斬はその範囲《はんい》内において死角は存在しない。

巨人《きょじん》の表面を走り回る球面群を切り裂《さ》き、自分に反撃を集中させる。見えない目の代わりに耳と肌《はだ》感覚で光線を回避《かいひ》する。もとより音を武器とできるカナリスだ。聴覚《ちょうかく》だけで行動することも不可能ではない。

それでも、巨人の放つ光線の速度に対応できるのは、いま維持しているこの距離《きょり》が限度なのだ。

そして、天剣授受者《てんけんじゅじゅしゃ》だけではなく武芸者たち全《すべ》てを悩《なや》ませてきた汚染獣《おせんじゅう》の再生能力をさらに強力にしたものが巨人にはある。

これだけの猛攻《もうこう》を浴びせかけているというのに巨人の体積は減るどころか、徐々《じょじょ》に元に戻《もど》っていっているのだ。

「……情けない」

そんな状況《じょうきょう》で戦いに支障をきたした自らの不甲斐《ふがい》なさが悔《くや》しい。カナリスは見えぬ目で巨人を睨《にら》み付け、作戦が最後の段階に入るのをいまかいまかと待った。

封心突・改で剄の針を巨人に打ち込みながら、ハイアはそのときを必死に見極《みきわ》めようとしていた。

「なかなか……」

思うようにはならない。

目的は内外同時の大規模破壊だ。

半端《はんぱ》な破壊は超《ちょう》再生の前で意味をなさない。それは振動波によるものでもかわらなかった。

かといってこの巨大質量を一度に焼《や》き払《はら》うだけの剄量は天剣授受者《てんけんじゅじゅしゃ》といえど簡単ではない。特に再生を許さないほど隙間《すきま》なくということになれば、特にそうだろう。

なにより、そんな大技《おおわざ》を悠長《ゆうちょう》に使わせてくれはしない。

さらに、そんな巨大剄技を行える者がいたとしても、天剣授受者《てんけんじゅじゅしゃ》がこうも簡単に死ぬような状況では、一人に決め手を担《にな》わせるというのは危機管理的に好ましくはない。

だから、全員に負担を等しく分散させる。

そのための作戦であり、ハイアたちが行っている仕込みの作業だ。

この仕込みの間にもルイメイが倒《たお》れ、カナリスが重傷を負った。仕込みもいつまでも有効というわけではない。

この巨体を一瞬《いっしゅん》で葬《ほうむ》り去《さ》ることを考えれば、剄を仕込んでも足りる気がしない。

だが、どこかで開始を告げなければならない。

（ハイア……）

「わかってる、さ～」

エルスマウの声にハイアは苛立《いらだ》ちで応《こた》える。作戦の最初に設定しておいた制限時間が近づいているのだ。

（八つ当たりは目標に）

「はっ、昔の調子が戻ったかさ？」

（…………）

念威越《ねんいご》しに言葉が詰《つ》まったのを感じ、ハイアは苦笑《くしょう》を浮《う》かべる。

だが、念威越しに感じた昔の臭《にお》いが背中を押した。

やるしかない。時間は迫《せま》っている。どれだけ準備をしても不安が尽《つ》きることはないだろう。

どこまでやっても成功を確信できないのなら、どこかで賭《か》けに出なければならない。

「行くさ」

短く告げる。それだけでエルスマウから伝わる空気の張り詰め方も変わった。

作戦の実行はエルスマウだけではなく、他の念威《ねんい》繰者《そうしゃ》たちにも呼吸を合わせてもらわなければならない。

(合わせはこちらで)

「おうさ！」

応え、ハイアは巨人に向かう。

他の天剣授受者《てんけんじゆじゆしゃ》たちも動きを変化させる。クラリーベルと負傷したカナリスは援護に回り、ハイア、サヴァリス、トロイアット、バーメリンが動く。

だが、天剣授受者《てんけんじゆじゆしゃ》たちの行動の意図を巨人が見抜《みぬ》けていないわけがない。

地鳴りのような音が巨人の全身から響《ひび》く。

「なにさ？」

ハイアたちを追いかけていた球面群が動きを止め、消えた。

その代わりに巨人の表面が鏡面のような艶《つや》を帯びていく。

（硬化《こうか》しています）

「見ての通りか、さ〜」

次に来る攻撃《こうげき》に合わせて防御《ぼうぎょ》の体勢に入ったということか。

「いまさら遅《おそ》いさ！」

覚悟《かくご》を決めたのだ。ならば必殺の自信を解き放ち、己《おのれ》を押し進ませなくてはならない。たとえ、心の底で嫌《いや》な予感が震《ふる》えていたとしても、それを無視して結果に向かって突《つ》き進《すす》むしか道はない。

巨人に向かう速度は緩《ゆる》めない。むしろ剄に剄を重ね、速度を上げる。

視界で焦点《しょうてん》以外の部分が瞬速に溶《と》けて消えていく。ハイアの刀は速度の圧力を振り切り、硬化した巨人の肌を駆《か》け抜《ぬ》けた。

活剄衝剄混合変化、夜叉《やしゃ》駆《が》け。

ハイアの疾走《しっそう》は巨人の指先から腕《うで》、腹部、胴体《どうたい》、そして肩《かた》へと一本の線を引く。硬化した巨人の皮膚《ひふ》はハイアの斬撃を止めることはできなかった。疾走を追って刻まれた斬線からは剄の光が激しく噴出《ふんしゅつ》する。

それは、ハイアや他の天剣授受者《てんけんじゅじゅしゃ》たちが浸透《しんとう》系の剄技で仕込まれた剄に反応しているからだ。

ハイアがこうしている間にも巨人の各所で剄技の波動と振動《しんどう》が発生する。他の天剣授受者《てんけんじゅじゅしゃ》たちも剄技を放ち、巨人の硬化した外皮を割っていく。

そして、これだけではない。

「退避《たいひ》！」

ハイアが鋭《するど》く叫《さけ》ぶ。

その声に遅《おく》れる者はいない。瞬《また》く間《たま》に巨人の周囲から人の気配が遠退《とおの》く。

次の瞬間《しゅんかん》だ。

巨人は青の光に包まれた。

念威の光だ。

薄膜《はくまく》の球体が巨人を包み、巨大な雷光《らいこう》が内部を染めた。

産毛《うぶげ》が逆立つような極微《ごくび》の振動と音が周囲を圧している。視神経を刺激《しげき》する光の明滅《めいめつ》に反して、それ以外は激しくはない。

だが、見映《みば》えの派手さと破壊力は正比例の関係ではない。

中で起こっているのは大規模な念威爆雷だ。密閉された状況で起こるエネルギーの嵐《あらし》は、膨大《ぼうだい》な圧力と熱を発生させる。

その念威爆雷を発生させているのは、エルスマウだけではない。彼女が組織した相互《そうご》情報補完機構に参加する念威繰者《ねんいそうしゃ》たちとフェリの念威もここに使われている。

グレンダンに住む念威繰者《ねんいそうしゃ》たちほぼ全ての念威が、破壊エネルギーとしてここに収束されているということだ。

それでもひび割れているとはいえ巨人の硬化した皮膚は熱と圧力に耐《た》え、あるいは崩壊《ほうかい》の進行を遅くさせる。

しかしそこで、打ち込まれた剄が意味をなす。

天剣授受者《てんけんじゅじゅしゃ》たちによって打ち込まれた剄が、一斉《いっせい》に爆発《ばくはつ》することで内部でも崩壊現象が始まる。

内外からの同時破壊に、巨人は瞬く間にその姿を崩していく。

骨のようなものはない。砂のようなものが崩れ、蒸発していく様《さま》を青い膜越《まくご》しに観察する。

やることはやった。あとは結果を見守るだけだが……

(問題が発生しています)

「……やっぱそううまくいかないかさ～」

エルスマウのこの発言を受け入れる準備ができている自分に苦笑しつつ、ハイアは報告に耳を傾《かたむ》けた。

(崩壊中の巨人の内部で複数の高エネルギーが発生しています)

「さっきまでのあれじゃないのかさ？」

球面が吐《は》き出していた光線がすぐに頭に浮かんだ。

(エネルギーの質が違《ちが》います。……これは、念威？　まさか)

「なにさ？」

(反射を行おうとしている可能性があります)

「はぁ？」

(こちらのエネルギーを利用して……)

「いや、そういうのはわかるさ～……あの状態でか？」

(もとより命があるとは思えません。迎撃《げいげき》することだけを考え、それが可能であれば、どんな状況からでも行うでしょう)

「それもそうだ。……にしてもそんなのを隠《かく》してるなんてかさ～」

(……あるいはこの戦法は、カウンティア様とリヴァース様を倒したものかもしれません)

「……へぇ」

天剣授受者《てんけんじゅじゅしゃ》に成り立てのハイアは他の者と知り合う機会はそれほどなかった。

だがそれでも、リヴァースには良くしてもらった記憶《きおく》はある。

「そいつはおもしろくないさ。それで、抑《おさ》え込めるのか？」

（同質のエネルギーとなると遮断《しやだん》フィールドの効果は薄《うす》くなります。難しいかと）

「ちっ」

それなら、相手が反射を完成させる前に完全に滅《ほろ》ぼすか、防ぐためになにかしなくてはならない。

（相手の崩壊が反射行動の完成を遅らせています。できても一度だけでしょう。ですが、現在内部で発生しているエネルギー量と、反射攻撃によって遮断フィールドが破られた場合を考えれば都市崩壊の危険性があります）

「……止めようにも中に入るってわけにはいかないさ」

内部はそれこそ、天剣授受者《てんけんじゆじゆしや》たちによって作られた破壊の嵐が荒《あ》れ狂《くる》っている。当人たちでさえ足を踏《ふ》み入れることは死を意味する。

「なら、外にもう一枚、遮断壁《しやだんへき》を作るしかないさ」

（どうやってです？）

「球面に対して天剣授受者《てんけんじゆじゆしや》たちで息を合わせて衝剄《しようけい》を放つ」

（それでは、すぐに崩壊してしまいます）

「そうさ〜それで終わらせるってことさ」

壊《こわ》されるぐらいなら箱ごと中身を壊す。

「外に漏《も》れる爆発の勢いは上へ飛ばす。それなら都市への被害《ひがい》は最小限になるさ」

（それはそうですが……）

エルスマウが心配しているのは、息を合わせるという部分だけではないだろう。

（あるのですか？　そんな余力が？）

そう。

この短期間の戦いで、ハイアはかなり消耗《しょうもう》している。他の天剣授受者《てんけんじゅじゅしゃ》たちもそれは変わりないだろう。息を合わせるだけではなく、威力《いりょく》もなるべく調節しなくてはならないという集中力を要することができる状態にあるのか？

（しかし、やるしかないでしょう）

端子《たんし》越《ご》しの声はカナリスだ。

（だな、やるしかないならやるまでだ。なにしろここにはおれの可愛《かわい》い女の子たちがいるんだからな）

（その辺りは勝手に言ってもらうとして、やるしかないならやりましょう）

トロイアットが言い、サヴァリスが続く。

「問題は、底面をどうやって抑えるか、さ～」

目に見えている部分は簡単だが、巨人《きよじん》の下半身は地下に埋《う》まっている。念威ならば人の入れない隙間《すきま》を縫《ぬ》うことはできるが、武芸者はそうはいかない。

(わたしならば可能でしょう)

カナリスだ。

(わたしが底面を担当します)

「なら、頼《たの》むさ～」

彼女の負傷が気になったが、それを問う時間も惜《お》しい。言葉をそのまま信じ、ハイアは手早く担当を割《わ》り振《ふ》り、自らの位置に向かう。

巨人の崩壊は進んでいる。

(数カ所でのエネルギー圧は現在も上昇《じょうしょう》中。止まりません)

「来るさ、急げ！」

叫び、目指す位置に辿《たど》り着《つ》いたハイアは剄を奔《はし》らせる。全身に痛みがある。剄脈《けいみゃく》疲労《ひろう》が近いか。他の天剣授受者《てんけんじゅじゅしゃ》はどうか？

「他人の心配をしてる暇《ひま》か、さ～」

(いきます、三、二、一……)

ハイアの呟《つぶや》きにエルスマウの声が重なる。

周囲に上がる剄の熱に自身の剄を合わせ……

（ゼロ！）

放つ。

まるで合わせるかのように、もはやほとんど形のない巨人の体から数条の光が放たれる。念威爆雷《ばくらい》を収束させた光が巨人自身を焼きながら外に向かって駆ける。念威の遮断フィールドはわずかにその光に抵抗《ていこう》したが、虚《むな》しい努力でしかない。粘性《ねんせい》の液体が波紋《はもん》を広げるような時間程度のものだったが、それだけあれば天剣授受者《てんけんじゅじゅしゃ》たちの衝剄が新たな壁《かべ》を作ることは可能だった。

その壁は維持《いじ》されるためにあるものではない。進行し、圧縮し、崩壊の最後の一手となる圧殺の壁だ。

絶息寸前の巨人は全方位の衝剄によって粉砕《ふんさい》される。

だが……

「ふうっ！」

ハイアの頬《ほお》を熱が炙《あぶ》った。

念威フィールドを突き破った光線だ。その多くは衝剄の影響《えいきょう》で射線がねじ曲がり、空に放たれたのだが、一つだけが地面を舐《な》めるように駆けていった。

ハイアからは離《はな》れた場所だったが、それでも鋭い熱が頬を焼いた。

背後で融解《ゆうかい》と爆発の音が連続する。灼熱《しゃくねつ》が空を焼く光景が、見てもいないのに脳裏《のうり》に描《えが》かれた。

そして……

「カナリス！」

バーメリンの絶叫《ぜっきょう》が空を裂《さ》く。

光線が走ったのはカナリスがいた辺りだった。

だが、その死を確認《かくにん》している余裕《よゆう》はなかった。

（まだです！）

エルスマウの鋭い声に破壊の中心を見る。粉煙が激しく中の様子を見ることはできない。

「やれなかったさ？」

（……光線の発射がこちらよりもわずかに早かったようです。底面部の形成が不完全でした）

「ちっ」

よりによってという気分だが、死者に鞭打《むちう》つ気にもなれない。そんな余裕もない。

そして、余力もない。

追いかけようとした脚《あし》が震《ふる》える。剄の疾走《しっそう》に肉体の回復が追いついていないのだ。活剄を走らせているが、全力で動けるようになるまで待っているわけにもいかない。

(残骸《ざんがい》は再生を行いつつ、地下へと向かっているようです)

「本体と合流するつもりかさ」

そこにはリンテンス、そしてレイフォンがいるはずだ。

……まだ生きていればの話だが。

「あいつに、役割も果たせないとか思われるのは、むかつくさ〜」

動こうとすれば脚が震える。それでも動かそうとすれば痛みが走る。酷使《こくし》した筋繊維《きんせんい》が断裂しているのだ。この激戦は肉体の酷使と活剄による回復の均衡《きんこう》が完全に崩《くず》れていた。

そのためのこの有様《ありさま》だ。

だが、だからといってじっとはできない。

「生きてれば治せるさ！」

自らにそう言い聞かせ、前に出ようとしたそのときだ。

(同意見ですよ)

念威端子《ねんいたんし》からの声と同時になにかが胸を打った。

弱った体にその衝撃《しょうげき》は効いた。剄による指弾《しだん》だと気付いたときには、止まった呼吸で悶《もん》絶《ぜつ》していた。

声は、サヴァリスだ。

(あの人たちに役立たずと思われるのは、業腹《ごうはら》ですからね)

剄が煙《けむり》の中に飛び込む感触《かんしょく》が伝わってくる。

「くっ……」

追いかける機会を逸《いっ》したハイアは前のめりに倒《たお》れそうになりながら煙を凝視《ぎょうし》した。

「……そう」

気力が萎《な》えそうになる。辺りを窺《うかが》えば、ここまでひどい状況《じょうきょう》なのは他にクラリーベルだけのようだ。バーメリンやトロイアットは動きはしなかったが、いつでも動ける様子が窺える。

「まだまだ……さ〜」

そう呟き、煙に包まれた内部に目を凝《こ》らすのだった。

†

煙が視界を潰《つぶ》したが、それはさほどの障害ではなかった。

破壊《はかい》の熱がいまもなお荒れ狂い、肌《はだ》を焼く。油断をすれば瞬《またた》く間《ま》に肉を溶《と》かし、骨を灰に変えるだろう。サヴァリスは呼吸も止めていた。

必要な剄はすでに練っている。

熱が狂わせる感覚を直感で修正し、目指すものへと向かう。

剄を放つ。

外力系衝剄《がいりきけいしょうけい》の化練変化《かれんへんげ》、ルッケンス秘奥《ひおう》、咆剄殺《ほうけいさつ》。

閉じていた口を開く。解き放たれた振動波《しんどうは》が周囲の熱を撒《ま》き散《ち》らし、煙を弾《はじ》き飛ばし、露《あらわ》になった目標に微細《びさい》の牙《きば》を突《つ》き立《た》てる。

『はは、これは……』

内心で、サヴァリスは沸《わ》き立つ愉悦《ゆえつ》に笑った。

全身の剄を絞《しぼ》って最後の剄技を放つ。それは身を守る剄を捨てたということだ。

命を捨てた最後の剄技ということだ。

『最後の意思を言葉に乗せ、言の刃《は》とする。ははは、まさしく咆剄殺《ほうけいさつ》の正しい使い方だ。ははは』

侮《あなど》っていた生家の教えをまさか自ら体現することになるとは思わなかった。これは皮肉か、あるいは根拠あっての超越《ちょうえつ》というだけのことでしかないのか。

いいや。

いいや。

そうではない。手を失い、脚を失い、戦う術《すべ》を失ってなお戦おうとする意思を声に乗せて牙にする。咆勁殺《ほうけいさつ》のその心を、いままさにサヴァリスは体現している。

ああ、なんだ。

死のその瞬間《しゅんかん》までも戦闘《せんとう》に浸《ひた》っていたいとは、とんだ剄技ではないか。

そういうことか。

そういうことだったのだ。

ルッケンスの創始者も、遠い昔の天剣授受者《てんけんじゅじゅしゃ》もそういう人物だったのだ。

どうしようもない戦闘狂《せんとうきょう》だったのだ。

サヴァリスは異端《いたん》などではなく、正しく先祖に返っただけだったのだ。

『どうであれ愉快な真実ですよ、これは！』

脳内を笑声が支配する。痛覚は働く暇もなく燃《も》え尽《つ》きた。

振動波に乗せた声がどういう結果となったか、それを確かめる感覚はすでにない。

『ははははははははははははははははははははは!!』

笑い声は振動波に宿り、破壊を後押しする。

剄の最後の一息まで。

魂《たましい》の最後の一滴《ひとしずく》まで。

全《すべ》てを笑い声に注ぎ込み、闘争という名の歓喜《かんき》に叩《たた》き込み、サヴァリスは己《おのれ》の意識が愉悦の赤に染まっていくのをただただ受け入れるのだった。

## 03　少年Ⅰ

頭上が熱いと感じるのは気のせいではないはずだ。

だが、そのことを懸念《けねん》している暇《ひま》は、レイフォンにはなかった。

「ふっ、はぁ……」

感想を口にしている余裕もない。

呼吸を整えている暇ができていることが奇蹟《きせき》のようにさえ感じる。

地上で行われていた戦いが全身全霊《ぜんれい》の殴《なぐ》り合《あ》いを防御《ぼうぎょ》なしで行ったようなものだとしたら、いまここで行われているのは静謐《せいひつ》で精緻《せいち》な、技術の粋《すい》を結晶《けっしょう》させたかのような戦いだった。

「ふうぅ……」

レイフォンの手には簡易型複合錬金鋼《シム・アダマンダイト》の刀が握《にぎ》られている。柄尻《つかじり》は青石錬金鋼《サファイアダイト》が繋《つな》がり、柄から先は鋼糸《こうし》に変化して薄青《うすあお》く暗い視界の中に溶けていた。

溶けて、この戦場を作るのに一役買っている。

いま、レイフォンの周囲を覆《おお》っている薄青い暗闇《くらやみ》の正体は、レイフォンとリンテンスの鋼糸《こうし》によって作られた繭《まゆ》だ。それが剄やさまざまな発光体の影響《えいきょう》で薄青く光っている。

繭の広さは練武館にある第十七小隊の訓練室ほどだ。

訓練だけを考えれば七人でも十分にやれるが、本気で戦おうと思えば一対一でも狭《せま》く感じる。そんな広さの空間だ。

その繭の中央付近にレヴァンティンはいる。

じっとはしていない。前後左右に動き回り、跳《と》び、回転している。

周囲でときおり微《かす》かに空気が鳴る。細い音には殺意が宿っているが、レヴァンティンの動きはそれを悠々《ゆうゆう》とかわしている。

音の正体はリンテンスの鋼糸《こうし》だ。息を整えるレイフォンも鋼糸《こうし》で加勢したいが、少し前に邪魔扱《じゃまあつか》いされたために自重する。

鋼糸《こうし》の刃は自由自在だ。あらゆる角度から容赦《ようしゃ》なく襲《おそ》いかかってくる無数の刃を、レヴァンティンは人間では不可能な動きで回避《かいひ》していく。

呼吸が楽になったレイフォンは再びレヴァンティンに向かっていく。

鋼糸《こうし》同様、レイフォンの斬撃《ざんげき》もレヴァンティンは巧《たく》みにかわす。

彼女の手にも細い剣《けん》が握られている。反撃の刃が襲いかかろうとしたが、それは寸前で止まった。

リンテンスの鋼糸《こうし》が、彼女の動きを止めたのだ。

だが、リンテンスの援護《えんご》はそこまでだ。いまは彼が呼吸を整えているのだから、無駄《むだ》な負担をかけさせるわけにはいかない。

続けざまにレイフォンが動く。首を狙《ねら》った一撃は細剣に受け止められる。火花が繭の内側を一瞬、強く照らす。

弾き返された斬撃は軌道《きどう》を変えてレヴァンティンの各所を狙う。だが、その全てを受け止められてしまい、したたかな反撃がレイフォンの生命活動を止めようと迫《せま》ってくる。

それらをいなし、かわし、反撃の流れに転じさせる。そうすればレヴァンティンがそれらを受け、反撃してくる。

高速で繰《く》り返《かえ》される剣戟《けんげき》は肉体よりも精神を削《けず》る。

そして、精神の摩耗《まもう》は呼吸の乱れを呼び、体力の浪費《ろうひ》に繋がる。

「っ！」

集中力の乱れに気付き、レイフォンは吸い込まれるような剣戟から後退した。

レヴァンティンは追いかけてこない。即座《そくざ》に二人の間に鋼糸《こうし》の形をした殺気が割り込んでくるのを、もう知っているからだ。

そしてまた、レヴァンティンの人間離《にんげんばな》れした動きを目にしながら息を整えるのだ。

これを、すでに何度繰り返したのだろう？

考えるのが嫌《いや》になる。

強大な再生能力と破壊能力を有しているのはわかっている。

だがレイフォンたちと同じような武器を使った戦い方ができるとは思わなかった。その意外さもあるだろう。

そして、人間ではないからレイフォンたちにではできないような動きもする。関節を無視した動きは主にリンテンスの鋼糸《こうし》を相手にするときがほとんどだが、レイフォンと剣戟を演じているときにもそれをしてくる。

人間のような形をして人間ではない動きをされるのは、わかっていても反応が鈍《にぶ》る。それはほんの刹那《せつな》の差なのだが、その差が命を確実に削っていくのがわかるだけに対応しきれない自分に苛立《いらだ》つのだった。

いままでならどうにかなっただろうわずかな差が生死を分かつ重要な意味を帯びている。

「やっぱり、一気に焼いた方がいいのかも」

そう呟《つぶや》き、レイフォンは再びレヴァンティンに向かう。

そもそも、この『繭』を作ったのはなにより逃《に》げ場《ば》をなくして剄で焼《や》き払《はら》うのが目的だった。

だが、そうはしなかった。

焼き切る自信がなかったのだ。

二人がかりでは、自分たちよりもやや小さな女性の形をしたものを焼滅《しょうめつ》させられないと本能的に察したのだ。

それはレイフォンだけの判断ではない。

リンテンスもそう感じた。

だからこそ、繭はレヴァンティンを焼くためではなく、彼女を構成する微細な物質を放散させないように封《ふう》じ込《こ》めた上で、少しでも弱体化するように接近戦を演じているのだ。

そしてこの繭は相手の動きに制限を加えるだけではなく、外部からの再生を封じるという意味もある。

物質は無限ではない。失われたものを元に戻《もど》すにはなんらかのものを消費しているはずだ。強大な再生能力の裏には、それを支える物質が存在するはずだ。そしてそれが周囲にある建造物であることを、リンテンスは地上での戦いで起きた建造物の崩《くず》れ方で見抜《みぬ》いていた。

外部から遮断《しゃだん》してしまえば、再生するためのものは己の内部にあるものを用いなければならない。

ならばそれは、外見が変わらないだけで消耗させているという事実には変わりがないはずだ。

しかし……

「くっ……」

受け止められ、反撃され、それをまた返す。至る過程は違《ちが》えど、事実は変わらない。

レヴァンティンに傷を与《あた》えられていない。

消耗しているのはレイフォンとリンテンスの体力だけだ。

「……どうします？」

何度目かの後退でレイフォンはそう呟く。背後にいるリンテンスは普段《ふだん》よりも険しい顔をしている。

かと思ったが、ちらりと見たその顔は違った。

目尻がやや下がっている。口元がほころんでいるように見えた。レヴァンティンから完全に目を離《はな》せる状況《じようきよう》ではない。だが、あれは……

リンテンスの表情を見たのは一瞬だったが、あれは笑っていたのではないか？

「……悪くない流れだが時間はかかりすぎるな」

再びレヴァンティンと切り結ぶレイフォンに、その声が鋼糸《こうし》によって届けられた。

「繭から糸を抜《ぬ》け」

リンテンスはそれだけを告げる。

後退した機を利用して繭から鋼糸《こうし》を抜く。リンテンスの邪魔になってはいけない。青石《サファイア》錬金鋼《ダイト》は基礎《きそ》状態に戻した。

「勝手に合わせろ」

投げやりなその言葉は、できることなら一人で片を付けたいというリンテンスの気持ちが入っているからだ。レイフォンは活剄《かっけい》に回していた剄を衝剄《しょうけい》へと変換《へんかん》しつつ、状況を見守る。

リンテンスの動きは速かった。

足下《あしもと》が揺《ゆ》れた。繭に変化が起きたのだ。

レイフォンとリンテンスのいた場所と、レヴァンティンのいた場所が分離《ぶんり》する。

「行かせない！」

空いた隙間《すきま》から脱出《だっしゅつ》しようとするレヴァンティンに衝剄を放つ。

もとより、隙ができたからといってそのまま抜けられるというものではない。リンテンスの剄がそこには満たされ、壁《かべ》となっている。

レヴァンティンはその壁に足止めさせられ、さらにレイフォンの衝剄で吹《ふ》き飛《と》ばされ、縮小を開始していた繭の中へと押し返されることとなった。

袋《ふくろ》を絞《しぼ》るように、レヴァンティンを包む繭が小さくなっていく。

外力系衝剄《がいりきけいしょうけい》の変化、繰弦曲《そうげんきょく》・崩落《ほうらく》。

繭の中でリンテンスの衝剄が連続で爆発《ばくはつ》する。逃げ場のない爆発の連打による超々《ちょうちょう》高圧攻撃《こうげき》はレヴァンティンの形にまで絞られた繭を風船のように膨《ふく》らませる。

内部で発生している熱の前ではいかなるものも焼滅を免《まぬか》れない……はずだ。

しかし、レイフォンもリンテンスもすぐにそれを実行しようとはしなかった。繭はすでに完成していたにもかかわらず、だ。

自信がなかった。前にもそう言った。

そしてそれは、今でも変わらない。

衝剄を放ち、レヴァンティンを繭の中に押し戻した後、レイフォンは青石錬金鋼《サファイアダイト》を再び鋼糸《こうし》で復元、レヴァンティンを中心に新たな繭を作り上げようとしていた。

その最中《さなか》でリンテンスの剄技は発動する。彼の鋼糸《こうし》で織り上げられた繭は外部に熱を一《いっ》切漏《さいも》らさない。ただ、強い剄の波動がレイフォンを打つ。

リンテンスの剄技は完成し、発動している。それに耐《た》えうるものが存在するとは思えない。

しかし、不安は尽《つ》きない。

レイフォンの繭《まゆ》が完成したと同時に、リンテンスのそれがほどける。残っていた熱が解放され、炎《ほのお》となって乱れ狂《くる》う。

「くっ！」

凄《すさ》まじい勢いで膨張《ぼうちょう》する炎と熱が、レイフォンの作った繭を圧迫《あっぱく》し、その隙間から外へと抜け出ようとする。

炎の舌が飛び出すその隙間にレイフォンは目を凝《こ》らす。

生きている者がいるはずがないと思いながらも、確認《かくにん》せずにはいられない。

だが、それはいた。

灼熱《しゃくねつ》の中で黒い影《かげ》を揺らし、立ち上がろうとしていた。

「レイフォン！」

「はい！」

リンテンスの叫《さけ》びに反射的に応《こた》える。その意味を即座に理解する。

やるしかない。この状況で、この配置で、この構えで、やれることはただ一つしかない。

そのつもりでこうしたのだから。

形成していた繭を灼熱の中心に向けて絞る。剄脈《けいみゃく》は燃え上がるほどに奔《はし》り、剄を連弾《れんだん》する。

繭は瞬《また》く間《ま》に絞られ、灼熱を包み、そして剄を爆発させる。

外力系衝剄《がいりきけいしょうけい》の連弾変化、繰弦曲・崩落。

爆発と同時に鋼糸《こうし》に凄まじい圧力がかかる。それを抑《おさ》えるのもまたレイフォンの剄だ。内部での爆発にあわせて鋼糸《こうし》からも内向きの衝剄を放つ。爆発をより強い爆発で抑えるという極限の力技《ちからわざ》は、だからこそ精緻《せいち》な加減をも必要とする。

「ぐっ……うぅ……」

唸《うな》り、レイフォンは爆発を解放させた。リンテンスに比べれば維持《いじ》できていた時間はほぼないに等しい。

だがそれでも、繭がほどければ灼熱が膨れあがり、レイフォンを突《つ》き飛ばす。

己《おのれ》が生み出した剄技で焼かれる前に、リンテンスの鋼糸《こうし》が防御陣《ぼうぎょじん》を敷《し》いてくれていた。

眼前の空間を舐《な》める炎が遠くに押しやられる。リンテンスの鋼糸《こうし》が再び繭を作り、灼熱を押し込めようとしていた。

三度目の崩落。それが成功するなら、レイフォンたちが感じた自信のなさは解消されるに違《ちが》いない。

そう願う。
だが……それはつまり、いまでもまだ倒《たお》せたという確信がないということだ。
剄技の灼熱の中心に、レヴァンティンがいまもまだいると感じているということだ。
不吉《ふきつ》が思考の隙間に入り込んで黒い染《し》みを広げる。
そんな思考をかき消す速度でリンテンスの鋼糸《こうし》は繭を完成させた。
繭は灼熱を再び封じ込めようと……
がっ。
それが、全《すべ》てを止めた。
「っ‼」
声が出なかった。
繭はほぼ完成していた。その中心は溢《あふ》れては抑え込まれる灼熱に染まっていた。
最後の一筋。
そう、最後の一筋が繭に触《ふ》れるその寸前、それは現われた。
灼熱を突き破って現われたように見えた。
だが、そう見えただけで実はそうではないこともわかっていた。
あれは、繭の前に突如《とつじょ》として現われたのだ。

現われて、リンテンスの鋼糸《こうし》を摑《つか》んだのだ。

「ちっ」

リンテンスの舌打ちとともに繭がほどける。

灼熱が溢れ、そこら中に炎が広がる。迫《せま》る熱気にレイフォンは後退した。

その熱気とともに、それは姿を現わす。

いや、姿を作る。

燃えながら、それは元の形へと戻っていくのだ。

髪《かみ》の毛《け》を燃やしながら骨を作り、肉を成し、皮で包む。怜悧《れいり》な瞳《ひとみ》が炎の熱を無視し、レイフォンに冷たい未来を想像させた。

「やはり、一筋縄《ひとすじなわ》ではいきませんね」

引き結ばれた唇《くちびる》がそう呟《つぶや》く。

「ですが、あなたたちを相手にする理由は、わたしにはありません」

レイフォンたちはいま、地下の骨組みの各所に立っている。王城の地下は機関部やその他の施設《しせつ》へといたる通路以外は空洞《くうどう》となっていたようで、繭には足場を作るという意味もあった。

その繭が、いまはない。

元の姿を取《と》り戻《もど》したレヴァンティンは、炎を引き連れたまま落下した。

「待て！」

呆然《ぼうぜん》としたのは一瞬《いっしゅん》、レイフォンは朱《しゅ》の線を引いて落下していくレヴァンティンを追って、同じく落下した。

リンテンスも続いている。

鉄骨と通路を利用して鋼糸《こうし》を張《は》り巡《めぐ》らしつつレヴァンティンを追いかける。

炎を引き連れて落下するレヴァンティンは、そのまま都市下部の底の底にまで落ちていくかのように思えた。

だが、そうはならない。

あえて遠回りをするかのように作られた通路も、やがて終点に辿《たど》り着《つ》く。

その終点は巨大《きょだい》な円蓋《えんがい》状の建築物だ。

機関部ではない。それはさらなる下部に向かってのびる通路の先にあるはずだ。

目の前にある建築物からはツェルニで何度も接した機関部特有の熱や騒音《そうおん》が感じられない。

それなら、あそこにハルペーに聞いたサヤがいるのかもしれない。

女王を見かけなかったから、彼女もそこにいるのだろう。

「だとしたら……」

彼女も、そこにいるに違《ちが》いない。

「ぬあっ！」

気合いとともに衝剄を放つ。

衝剄は炎の線を吹き飛ばし、レヴァンティンに触れる。

だが、衝突《しょうとつ》の瞬間になにかが遮《さえぎ》り、彼女の軌道《きどう》が変わることはなかった。

落下は続く。

レヴァンティンの頭部が円蓋状の屋根に触れる。高度からの墜落《ついらく》による悲劇……そんなものが彼女に起こるわけもない。

彼女の頭部が屋根に触れるか触れないか……そんな微妙《びみょう》な距離《きょり》となった瞬間、屋根に穴が開き、レヴァンティンを内部へと導く。

レイフォンたちもそれを追いかけて建物の中に飛び込む。

†

振動《しんどう》が近づいてくる。

リーリンは頭上を見た。

明かりのほとんどない空間では、天井《てんじょう》は暗闇《くらやみ》に埋《う》もれていてよく見えない。諦《あきら》めて視線を下ろす。

以前にあった大きなベッドはなくなっていた。

あれがなくなってしまうと、ここはただの薄暗《うすぐら》く広いだけの空間になってしまう。

そんな場所で、この人はなにをしていたのだろう？

リーリンは隣《となり》にいるサヤを見て思った。

「なにも考えず、じっとしていました」

「え……」

いきなりそんなことを言われ、リーリンはドキリとした。

「気にしているように思えましたので」

「それは、してましたけど……」

考えを読まれたかのようでリーリンは落ち着かない気分になった。

「問題ありません。誰《だれ》でも思う疑問かと思います。その証拠《しょうこ》に、そちらの女王陛下《へいか》もそんな顔をしてました」

「あ、ばれてた？」

サヤを挟《はさ》んで向こうにいたアルシェイラがバツの悪い顔をしていた。

「いや、天剣《てんけん》の連中ががんばってくれてるもんで、思った以上に暇《ひま》になったから」

照《て》れ隠《かく》しに頭を掻《か》きながらアルシェイラがそんなことを言う。

「そんなことも考えちゃうわよね。ごめんごめん」

不謹慎《ふきんしん》きわまりないのだが、この人だからしかたがないという諦めの気持ちになってしまう。

リーリンはため息をこらえ、前を見る。

振動の音が大きくなっている。レヴァンティンは確実に近づいて来ている。

それはどういうことか。

「みなさん、無事でしょうか？」

ここに念威端子《ねんいたんし》はない。いや、途中《とちゅう》までは一緒《いっしょ》だったのだけど、いまは力を失って声が届かなくなってしまった。

以前にここに来たときはどうだったか、デルボネの念威端子《ねんいたんし》はここにあったか？

うまく思い出せない。

特にデルボネの念威端子《ねんいたんし》はそこにあって当たり前という固定概念《がいねん》があったから、見えていなくてもいたような気持ちになっている。

「それはないでしょう」

他のことに気持ちが流れていたらアルシェイラがそう言った。

いっそ朗《ほが》らかな口調に、リーリンは絶句する。

「ここまで来られるということは、あいつらがそういう失敗をしたってことだよ、リーリン。十二人が十二人揃《そろ》って、無事なまま逃《に》がしてしまう。そんなおちゃめなドジをしてしまうような奴《やつ》を、わたしは選んだつもりはないけどね〜」

「………………」

それはそうだろう。

だが、だが……

「戦いは一つの契約《けいやく》よ。生きるか死ぬか。その中間もあるし、一度でその二つに綺麗《きれい》に分かれるわけでもないだろうけど、結局はそうなってしまう。戦えば怪我《けが》人が出るし、死者も出る。天剣授受者《てんけんじゅじゅしゃ》はその例外にいるわけじゃない。もちろん、わたしたちも」

「そんなことはわかっています」

アルシェイラの唇が織りなす冷たい現実を、リーリンは頑《かたく》なな言葉で止める。

「だから、これで終わりにしたいんです」

そう、わたしの手で。

わたしの目で。

「その力が、わたしにあるのでしょう?」

こんなところで待つのではなかった。

最初から戦場に立てば良かった。

そうすれば、こんな気持ちになることはなかったのに。

「死なせたくないから……ね。その優《やさ》しさはきっと多くの人が持っているのだろうけど、天剣《てんけん》の連中はそれを喜ばないでしょうね」

「……え?」

「でも残念ながら、それを講釈《こうしゃく》してる暇はないかも」

それは、リーリンもわかっていた。

一際《ひときわ》大きな振動が、すぐ近くでしたからだ。

この建物全体を大きく震《ふる》わせるような振動だ。会話をしている気分ではない。リーリンは固唾《かたず》を呑《の》んで、次に起こることを待ち構えた。

それは、静かな始まりだ。

むしろ音もなく、それはこの建物の中に侵入《しんにゅう》してきた。

「いらっしゃい……まっせっ!」

アルシェイラが叫《さけ》ぶ。その手から衝剄《しょうけい》が投じられた。

女王の握力《あくりょく》で強引《ごういん》に握《にぎ》り潰《つぶ》された衝到弾《だん》は、予測不可能な弾道を描《えが》きながら落下してくるものに接近する。

当たった……はずだ。

しかし、衝到弾の光は爆発《ばくはつ》に変化することなく、相変わらずの不可解な軌道を描きながら天井に開いた穴を抜《ぬ》けていく。

落下してきたものが、着地した。

頭から落ちてきていたそれは直前になって体を捻《ひね》らせるとリーリンたちの前に着地する。

静かな着地だった。

そして、きれいな女性だった。

外見は、リーリンよりも年上だろう様子の硬《かた》い雰囲気《ふんいき》の美人だった。

以前に一度、黒猫《くろねこ》によって見させられたことがある。そのときはリーリンと同年代だったはずだ。なにがどうなっているのかはわからない。

だが、彼女であることには変わりない。

彼女がレヴァンティンだ。

リーリンの世界を激変させた根源だ。

そんな想《おも》いが火花のように散ったリーリンの横でアルシェイラが前に出る。

「やっ……るぅぅ！」

言いながら、女王は再び剄弾を投じた。

やはり、それも当たらない。

着地の姿勢から前傾《ぜんけい》でこちらに向かってきたレヴァンティンを、剄弾がすり抜ける。

すり抜けた瞬間、レヴァンティンの全身が炎《ほのお》に包まれた。どういうからくりなのかわからないが、完全に避《よ》けているわけでもない、ということなのだろう。

燃《も》え盛《さか》りながらこちらに向かってくるレヴァンティンに、リーリンの思考は固まっていた。

いや、レヴァンティンの姿を見たときに湧《わ》き上がった憎悪《ぞうお》から抜け出せないまま、固まっていた。

その間に、事態は高速で進んでいく。

燃え盛るレヴァンティンに、アルシェイラは拳《こぶし》を突《つ》き出《だ》す。拳の先で大気が破裂《はれつ》し、衝《しょう》撃波《げきは》が拡散される。無作為《むさくい》な破壊《はかい》の波はレヴァンティンを押し返すことに成功していた。

だが、決定打ではない。

新たな流れは天井から追いかけてくる。

無数のきらめきがレヴァンティンを瞬《またた》く間《ま》に取り囲む。それがリーリンには見えている。

鋼糸《こうし》だということもわかる。

きらめきは凶器《きょうき》だ。無数の斬撃《ざんげき》となってレヴァンティンを襲《おそ》う。

だが、通じないのだ。

斬撃はレヴァンティンをすり抜ける。やはり、彼女の全身で光が発生するが、それだけだ。

そして、ああ……そして……

流れがもたらすものはそれだけではない。

なんとなく、そんな気はしていた。頭上から感じる戦いの気配に、そんなものを感じていたような気がする。

だからこそここにいたような気もする。

見たくなかったのか、見られたくなかったのか、それは自分でもわからないのだけど。

一度決めたことを覆《くつがえ》されたくなかっただけかもしれない。

天剣技《てんけんぎ》、静一閃《しずかいっせん》。

鋼糸《こうし》に続いて舞《ま》い降《お》りてきたそれは、目まぐるしかった戦いを押し潰そうとするかのように重苦しくも遅《おそ》い剄を落としてきた。

だが、その遅さは女王と鋼糸《こうし》の二つを切り抜けたときにはすでにそこにあり、逃《のが》れることはもはや不可能な状況《じょうきょう》となっていた。

場の流れを読み、あらかじめそこに置かれていた剄技はレヴァンティンに触《ふ》れ、大量の衝剄を放散する。

爆発、爆発、爆発。

暗かったこの空間に、続けざまに強烈《きょうれつ》な光が明滅《めいめつ》する。

それで目をやられるということはない。

だけどその明滅が、一つの流れをコマ送りのようにし、リーリンの視界に焼き付かせる。

爆発の最中に舞い降りてきたそれは、余波がリーリンに触れるよりも前に彼女の前に移動し、爆発からリーリンを守る。

「なんでよ」

驚《おどろ》きが憎悪を解く。リーリンは背中に問いかけた。

「もういいって、来ないでって言ったでしょう」

そう。

そう言ったのだ。

もう、あの日が戻《もど》ることがないのなら、彼は自由になるべきだと。

知らない間にリーリンを捕《と》らえていた呪縛《じゅばく》から、その影響《えいきょう》を受けていた彼を解放するべきだと。

そう決めたから、リーリンはここにいるのではないのか。

「うん、そう聞いた」

彼は応《こた》える。

あまりにも簡単に。

あまりにもあっけらかんと。

「なら……！」

「でも、それは僕の意思じゃないよね」

彼はそう言う。

あまりにもあっさりと。

あまりにも硬い声で。

「僕の、家族を守りたいって気持ちを止める理由にはならないよね」

彼は、そんなことを言うのだ。

レイフォンが、そんなことを言うのだ。

「なによ……」

リーリンは呟《つぶや》く。

呟きが途中《とちゅう》で出なくなった。

家族。

そう、家族だ。

ただ一つ、血の繋《つな》がりがないゆえに、誰《だれ》にでも当たり前にありながら、リーリンには当たり前ではなかったその言葉。

リーリンがいて、養父がいて、姉や兄や弟妹たちがいて、でも誰も、誰一人として世間の人にある当たり前の繋がりがない。

だけどそれが、リーリンにとっての大切な家族なのだ。

その言葉があるからこそ、リーリンは決断した。

その決断を、彼は覆そうとしている。

同じ言葉で覆そうとしている。

憎《にく》らしくて、たまらない。

冷え切って固まった心が溶《と》けてしまいそうなほど、憎くてたまらない。

「レイフォンの、くせに……」

背中しか見えない。

だけど、彼は笑ったような気がした。

ZUELLNI

口元だけを、やや困ったようにして笑ったのが見えた気がした。
もう、なにも怖《こわ》くない。
そう思えた。

下巻に続く

# あとがき

まさかまさかの上下巻。雨木《あまぎ》シュウスケです。

ちなみに雨木のプロになってからの憧《あこが》れは上中下完結篇一二三……とやることです。嘘《うそ》です。さすがにそこまではやりませんやれません。でもやってみたいという気持ちがあるのは嘘じゃないんだぜ。


そうそう。今回は深遊《みゆう》さんがスーパーパワーを発揮してカバー裏にもイラストを書いてくださっています。下巻と合体して一枚の絵になるらしいです。

毎度のことながら深遊さんにはお世話になりっぱなしです。まったく頭が上がりません。


そうだ。前巻あとがきの冒頭の方でミスがありました。信長の野望オンラインとＳＫＹＲＩＭのタイトルが合体してました。二つはまったく別のゲームです。失礼しました。

そしてもうＳＫＹＲＩＭは卒業します。動画は見てるけどどね。

なんと今回はあとがきが二頁《ページ》しかないという奇跡が起きているので予告をしておしまいなのです。

《次回予告》

激戦は続く。絶技と知謀が侵略者を迎え撃つが、相手はより強大な力によってグレンダンという防壁を抜かんとする。ついに最後の防壁さえも抜かれようとしたそのとき、彼女たちは最後の目覚めを迎える。

それを見守るレイフォンは、そして運命から外《はず》された者たちはいかなる決断を下すか。

次回、鋼殻《こうかく》のレギオス22　ウィンター・フォール下

11月発売予定、お楽しみに！

感謝感謝で下巻でお待ちしております。

雨木シュウスケ

富士見ファンタジア文庫

鋼殻《こうかく》のレギオス21
ウィンター・フォール　上

平成24年7月25日　初版発行

著者——雨木《あまぎ》シュウスケ

発行者——山下直久

発行所——富士見書房
〒102-8144
東京都千代田区富士見1-12-14
http://www.fujimishobo.co.jp
電話　営業　03(3238)8702
　　　編集　03(3238)8585

印刷所——旭印刷
製本所——本間製本


落丁乱丁本はおとりかえいたします
定価はカバーに明記してあります
2012 Fujimishobo, Printed in Japan
ISBN978-4-8291-3777-2 C0193